TopBook
饕书客
一个人，遇见一本书

阿拉伯千年奇想

郑慧慈 著

陕西新华出版传媒集团
陕西人民出版社

图书在版编目（CIP）数据

阿拉伯奇想千年 / 郑慧慈著. —西安：陕西人民出版社，2018
ISBN 978-7-224-12831-4

Ⅰ. ①阿… Ⅱ. ①郑… Ⅲ. ①散文集—中国—当代 Ⅳ. ①I267

中国版本图书馆CIP数据核字（2018）第155474号

本书由台湾远见天下文化出版股份有限公司正式授权
著作权合同登记号图字：25-2018-178

出 品 人：惠西平
总 策 划：宋亚萍
出版统筹：关 宁
策划编辑：王 凌 韩 琳
责任编辑：王 倩 张启阳
整体设计：哲 峰 杨亚强

TopBook 馨书客

阿拉伯奇想千年

作　　者　郑慧慈
出版发行　陕西新华出版传媒集团　陕西人民出版社
（西安北大街147号　邮编：710003）
印　　刷　陕西金和印务有限公司
开　　本　787mm × 1092mm　16开　12.5印张
字　　数　150千字
版　　次　2019年4月第1版　2019年4月第1次印刷
书　　号　ISBN 978-7-224-12831-4
定　　价　45.00元

自序

大学期间我全心探索阿拉伯语言和文化，它深似大海的内涵，让我感受到四年的学习微乎其微。毕业后，我毅然决然负笈约旦，追寻每一个年轻人都期待拥抱的梦。

约旦是一个让人终生难忘的古文明之地，境内处处是古迹，有两千多年前的纳巴泰王国的首都玫瑰城佩特拉和月亮谷、《圣经》及《古兰经》里的死海、耶稣受洗的约旦河、摩西带领以色列人出埃及后辞世的尼波山、罗马人建设的杰拉什城……踏在这块土地上，思古幽情会油然而生，它仿佛对你诉说着人类数千年的历史，有战争与和平，有悲欢与离合，也有尊卑与荣辱，所有这些意义都会在你脑海闪过。回归现实时你会恍然大悟，数千年的意义只是你眼前的遗迹和大自然的景物。在约旦，你会藐视所有的地位和权势，你宁愿窝在沙漠帐篷里，和贝都因人吃一顿能温饱的曼萨弗（mansaf）羊肉抓饭。

约旦人民慷慨、热情、淳朴，人人行事随性、大而化之，所到之处都充满人情味。我三度旅居约旦，朋友有难民区的邻居、沙漠里的贝都因人、算命师、纯真的女孩、学校的老师……我起伏的生活充满挑战，有欢乐，也有悲伤，但我将它全数囊括在性灵的喜悦里。

沙特阿拉伯是我的另一个牵念。对世人而言，它是谜一般的国度，人们不解其中的含藏，却未曾撼动它的世界地位。这是一个经济、政治、宗教实力雄厚，并兼有古文明的地方，蕴藏着许多伟人的故事与千年古迹，包括可以追溯到亚伯拉罕先知时期的麦加克尔白天房，追溯到穆罕默德时期的麦地那先知清真寺、三千多年前的古城马达因·沙立贺，还有名称来自“祖母”一词的吉达城（穆斯林相信人类的母亲夏娃从天堂下放到人间时落脚在此，她的坟冢就在吉达市中心）。凡此种种，都令人迷恋不已。

居住在沙特阿拉伯期间，我享受着当地经济进步的果实，包括免费的教育、医疗与优渥的环境，让我的心灵得到最好的滋养。在这本书中，我试图揭开伊斯兰文明发源地的面纱，描述它的人民、环境与思想价值，以及我身在其间的真实生活点滴，或许能厘清世人对它的猜测与误解。

我对约旦和沙特阿拉伯的情愫，不仅视它们为求知之地，更怀抱终身悬念的故乡之情。从约旦和沙特阿拉伯向外延伸，无论北非、西北非、大叙利亚或是海湾各国，在这辽阔的阿拉伯国度里，我曾伫立在无垠沙漠的星空下，在沙丘的陵线上，遥望贝都因人为迷途旅人点燃的灯火；我曾顺着洗涤耶稣的约旦河水而下，漂浮在死海上，悠闲地欣赏对岸巴勒斯坦放下戒心的“石头孩子”[1]；我曾踏过耶稣背负十字架前往受刑的蜿蜒小道，在哭墙缝里塞进满满的祈祷，然后在岩顶清真寺里，望着穆罕默德登霄的岩石，流下震撼的眼泪；我曾在马哈福兹酷爱的“费萨维咖啡店”里，品饮黄昏的阿拉伯咖啡；我曾在巴林的烈日下，浪漫地寻找生命之树……

无论我驻足何处，都能嗅到亘古泥土的芳香。在这块土地上，我最珍贵的宝藏是伴随我人格与学识成长的挚友和恩师，无论我曾经历过何种欢乐或痛苦，每一个发生在自己身上的小故事，我都妥善珍藏，有朝一日带着它们返回人类的故乡。

[1]1987年以色列卡车闯入难民营，压死巴勒斯坦人，造成巴勒斯坦第一次大规模起义。巴勒斯坦城乡孩子在起义行动中，以丢掷石头对抗以色列武装军人。“石头孩子”（aṭfāl al-ḥijārah）因此成为弱势的巴勒斯坦人对抗强势的以色列人的象征。

目录

1 难民天堂——约旦

约旦是西化而贫穷的国家，房屋建材喜欢使用空心砖以隔绝冷热；独栋别墅的设计非常优美，围墙低矮，爬满白色芬芳的素馨花。素馨花属于茉莉科，阿拉伯人很喜欢这种爬藤类的花，对它的情愫犹如台湾人对玉兰花一般，因为它象征古早的芳香。

约旦的气候与住屋结构让居民感觉很舒适，屋内设备包含燃烧柴油的水热式中控暖气，以及隔绝户外寒气的窗罩。然而，这种居住环境必须有足够的经济能力才能享受得到。我曾经分别在20世纪70、80、90年代，三度在约旦居住过很长一段时间，前两次住在学校宿舍，最后一次住在美国大使馆附近的独栋别墅。前后不同的生活方式，也反映了约旦穷人与小康人家的生活，两者有如天壤之别。

“铁匠洼地”

1948年及后来的几次中东战争，给约旦制造了长久无法解决的难民问题。安曼城外有一大片联合国为难民搭建的住宅，裸露在毫无绿地的荒漠上，市区里也有许多极为简陋的难民社区。

安曼是由七座山所组成，地势有高有低，早年刻苦的台湾穷留学生，大多集中居住在安曼侯赛因山脚的“铁匠洼地”社区。这里的居民多数是因为中东战争逃到约旦的巴勒斯坦难民。社区的房子墙壁都用薄水泥建造而成，屋顶覆盖石棉瓦，有些仅有一个房间，最多也只有三个房间。1975年冬天，我曾经住在这里，尽管屋子非常简陋，但每每经过安曼城外的大片难民营，我都很庆幸住的地方还有院子和一株会开花的桑树。

短短几个月的“铁匠洼地”生活始终留在抹不去的记忆里，倘若它象征着灾难，那么似乎是出自人类驱赶灾难的本能，它被我驱逐到荒废的记忆一隅，偶尔碰触，便想把双臂交叠在胸前，犹如人类原始的祈祷仪式，以此保护脆弱的心。

“铁匠洼地”是一个和睦的社区，因为这里的居民来自相同的祖国，却都是没有国籍的人。邻居互通有无，彼此借油、借糖、相邀腌制食品是稀松平常的事。生活在这里，犹如生活在公元10世纪阿舍法赫尼（al-Aṣfahānī）笔下的诗歌集*Al-Aghānī*里，充满各种酸甜苦辣的家庭故事。从他们身上我学习到如何省钱又能吃饱，我们物以类聚，天天过得平安。他们吃口袋面包（pita）夹一块乳酪或一颗蛋，便算用过一餐。当时的约旦国王侯赛因对外手段圆融，从不与以色列有激烈的冲突或言论，让约旦人得以安居乐业；他对国内穷人具有异常的同理心，凡面粉、大饼、蛋等民生食品都不曾涨价。尽管境内有高达百分之二十五无以为生的赤贫阶级，但大家都可以活着。

约旦鸡蛋很便宜，我常常一天吃七颗蛋，非常有饱足感，但我并不像营养学家所说，吃太多蛋会胆固醇过高。我还常到鸡肉市场，向老板索取丢弃的鸡脚，回去用台湾的电锅煮得香喷喷的。每每老板问我："拿这些鸡脚做啥？"我都幼稚地回答："做实验啦！"如果他再追问："你哪里人？"我都说："日本人。"（因为我那个年代的台湾教育，最气日本人的南京大屠杀）我个子小，肤色稍白，没人怀疑我。

难民的寒冬

我在"铁匠洼地"的住屋，是一栋月租金仅840元台币的小平房，初抵安曼，我便在学长的协助下住进这屋子。进门是一个小庭院，院子里种了一株桑树，我还记得离开这间房子时，美丽的粉白色花朵正盛开着。卧房有两间，一间是三位学长住，另一间是我的，两间都各有门，门外就是院子，并没有所谓的客厅。学长们的房间有暖炉，是烧柴油的；我的房间没有暖炉，冬天房间水泥墙壁上结一层薄霜，有如冰窖，我常常安慰自己，没有暖炉的房间不会一氧化碳中毒，我生活得很安全。

那年安曼的雪很多，每当夜幕低垂，我心中便会兴起莫名的恐惧与不安，如进入魔窟，隔日不会醒来。约旦穷人跟我一样不喜欢寒冬的深夜，因为他们也不知能否熬过酷寒的夜晚，看到隔日的黎明。这个冬天每个夜晚我都会将所有衣服或穿或盖在身上，不敢合眼，也把床移到离墙壁较远的地方，因为墙上的薄霜会让我更哆嗦，每每看到曙光才安心昏沉睡去。我在这短短几个月里，养成一天睡约莫五个小时的习惯。即便后来申请到奖学金，搬到住宿学校，有了暖和的冬天，依然如此。

这间平房院子的另一侧有简陋的厨房，院子是铺水泥的地板，冬天路面非常滑。从车站到“铁匠洼地”需要爬很长的阶梯下去。在这条漫长而深不见底的阶梯路上，每一户人家都是中途站，大门不是在阶梯的左边，便是在右边，它一直通达干旱的河谷。这些阶梯久未修葺，很多都已毁坏，往往一次要跨两三层台阶。

一个融雪的下午，我下课回住处，当时天空下着雨，坑坑洞洞的水泥阶梯，混着融雪的泥巴，即便我小心翼翼，还是从破烂的阶梯上滑了下去，跌落到住处的水泥地上，有一种明知灾难要降临却无计可施的无奈。

我没有晕厥，勇敢地爬起来，发现整个头都湿了，起初以为是雪水浸湿了我的头发，用手去摸，才发现满头是血。我丝毫不感觉痛，却抑制不住两行如瀑布般的泪；我用冰冷的血手拭干眼泪，告诉自己“只有流过血的手指，才能弹出世间的绝响”，我需要的是更忍耐。世人常关怀中东政治犯和思想犯的人权，却经常忘记中东穷人的人权。

巴勒斯坦难民

在约旦，许多巴勒斯坦人都住在难民区。巴勒斯坦人几乎占据约旦一半的人口，他们好客多闻，大多数人贫穷而爱好求知。许多移民在外工作的亲友，都会从海外寄钱供养居住在阿拉伯国家的亲人。1948年第一次中东战争的加沙难民，在巴勒斯坦建国以前都没有国籍，他们拿的是埃及证件，幸运者能到阿拉伯海湾产油国家工作，生活较为优渥；大多数人只能觅得仅够糊口的低收入工作。

1967年，第三次中东战争流亡到约旦的巴勒斯坦难民数量庞大；1988年约旦侯赛因国王宣布放弃约旦河西岸地区后，陆续给予居住在境内的巴勒斯坦人约旦国籍，但我们仍能由他们的姓氏分辨他们是约旦人或是巴勒斯坦裔。这些巴勒斯坦移民一度造成约旦境内的族群问题。讽刺的是，约旦的发展却也是依靠这群具有智慧与能力的巴勒斯坦人的努力而达成。

我在约旦求学期间，许多约旦同学与巴勒斯坦裔的同学会彼此攻击。到了沙特阿拉伯以后，当地朋友都看不起约旦人和巴勒斯坦人，约旦人更不喜欢沙特阿拉伯或海湾国家的人。我想人类相残的本能，是造物者赐予的。

在约旦前后七八年的生活，使我认识了很多巴勒斯坦人，他们多数是在第三次中东战争之后逃到约旦的，所以拥有约旦国籍。当时世界各地的媒体常常把对抗以色列的巴勒斯坦人形容成恐怖主义者。我很是纳闷，他们只是一群失去家园、没有国籍，为了民族、故土而奋斗的人，怎么是恐怖分子？数十年后的今天，文明的进步并没有改变人类的思维，美国的特朗普族群还在诉说相同的理论。我知道国际天平经常是歪斜的，世人却照单全收，实在令人费解。

我有一位硕士班同学，是1948年从加沙来到约旦的巴勒斯坦难民，当时他拿的是埃及证件，无法取得约旦国籍。他和我都拿学校的研究生奖学金，也都是当时文学院院长的研究助理，我们一起帮忙编撰蒙昧[1]

[1]所谓“蒙昧”，是指伊斯兰教出现以前的阿拉伯世界。

摄影 / 傅怡萱

诗辞典，一起组成“狐狸座谈”。我们集会的据点是文学院大门口的棕榈树下，成员从三人一直增加到六人。座谈会重点在探讨阿拉伯语文的秘密，借此激荡彼此的脑力，名称是我取自中世纪库法语言学家狐狸（Tha‘lab）之名。我纯粹基于一个疯狂的念头，若做不成纪伯伦，至少我可以成为纪伯伦的灵魂伴侣麦·奇亚达，或中国的张爱玲。

我们成员几乎每天都会碰面。我这位同学靠着每个月80第纳尔（约新台币9600元）的奖学金在约旦过活，还必须养活一家人；毕业之后奖学金断了，他顿时陷入无以为生的窘境。他的语文底子雄厚，才气横溢，但流浪的生活让他从不多说一句话。我知道他的诗写得非常好，有一次我的两首小诗登在《利雅得日报》上，他打电话指正我的韵尾用得不好，我原本想当诗人的梦因此破灭了。我庆幸拥有如此直言的朋友，回台湾以后，我只能在论文的匿名审查意见表上看到真话。

与同学重逢

多年以后我们在沙特国王大学碰面，他在学校当讲师。沙特国王大学文学院阿拉伯语文学系师资有八十几位博士，他只有硕士学位，连系务会议都不能参加。依照学校规定，只有硕士学位的老师也无法升等，只能教“通识阿拉伯文”，所以他还是过着相对弱势的生活。但是沙特国王大学是阿拉伯世界排名第一的大学，每年拥有沙特阿拉伯全国预算的百分之一，师生福利非常好，他有学校宿舍可住，宿舍里设备齐全，应有尽有，他的满足常常溢于言表。

1991年波斯湾战争时，有一次爱国者导弹拦截到的飞弹碎片，将离我家500米左右的地方，炸出一个将近三层楼深的大洞，他带着全家大小来观赏。他告诉我，整个战争过程他们全家未曾离家躲避轰炸，屡次听到警报声，他们都会从窗户探头出去观赏。我很好奇他们为何不怕死？他说在加沙故乡时，已经“死”过无数次，对他们而言，“死”只是“再生”的起点。巴勒斯坦建国后，他很兴奋地打电话告诉我，他们终于有国籍了。不久他便返回加沙故乡，和“石头孩子”一起经历他们的劫难，似乎唯有如此，才能减轻他心里的痛楚。他经常写诗记录这段流离的岁月。

经历了几次中东战争，巴勒斯坦难民散居在世界各地，阿拉伯国家中以约旦、叙利亚、黎巴嫩收容的难民人数最多。他们聚居在难民营里，由1949年成立的“联合国近东巴勒斯坦难民救济和工程处”（UNRWA）负责管理。然而，数十年来该组织多数的计划都无疾而终，难民始终无法有安身立命之处。根据阿拉伯联盟建议，阿拉伯国家并不给予这些难民国籍，其出发点是要保存巴勒斯坦土地，免于全数沦为以色列领土。自1988年巴勒斯坦宣布独立以来，国际上调停巴以的和平计划从未停止。2012年，巴勒斯坦成为联合国的观察员国，到2015年9月，国际上已有136个国家承认巴勒斯坦国，但这些虚华的政治外衣底下是疲乏的经济，巴勒斯坦仅有少数传统工业，子民贫困依旧，必须依靠外援。政治带来的破坏迄今仍无法解决。

② 约旦教育部的常客

早年阿拉伯人很喜欢中国人，看到东方脸孔便说是中国人；长得矮一点、白一点他们就说是日本人。我们都宁愿被误会是来自中国大陆，因为当时大陆援助巴勒斯坦人。他们会将华人视为兄弟姊妹般的照顾，见到我们都会竖起大拇指，喊我们“我的朋友”，我们因为祖先的血液而享受着尊荣，也小心翼翼地维护这种关系。

来自台湾的“好孩子”

台湾与约旦的文化交流历史非常悠久，1970年代台湾每两年会举办一次到约旦留学的公费考试。我毕业那年没有举办，原本可以在台湾多留一年再参加考试，但那显然不是急躁的我能忍受的事。因此，我被“流放”到“铁匠洼地”。

初抵安曼，约旦教育部不知如何处置我这位不速之客，就让我在安曼艾立亚女子学院上课，把我的学籍随意放在离“铁匠洼地”很近的安曼男子师范学院。这个难民区似乎已是中国学生栖息处的代名词，侯赛因山居民都知道有一群中国学生群居在这里。一年复一年，我们都非常珍惜自己在阿拉伯人眼里的形象，平日循规蹈矩，行为上甚至显得有些做作，包括跟他们说我是学长们的妹妹这样的谎言。

台湾的教条在我们的思维里就像钢丝绳索，是我们每日必须行走的道路。记得当年的某一个晚上，我和台湾朋友走在安曼市中心的银行街上，在朦胧的街灯下，我看到地上一大袋钱，每一张钞票的面额都是二十第纳尔，我的心开始怦怦跳。

我第一个反应是告诉身边的人：“看！地上好多钱！”他弯下腰去捡钱的那一刹那，我把眼睛闭起来，不敢看。他捧着钱不知所措，生怕自己被误会是在做坏事，把钱都露出来，两只手臂远远地离开胸口，仿佛是伸长着手等待砍手刑罚的小偷。当时店家都已关门，更不知道警察局在何方，我们站在原地呆呆等着，空气凝结在我们之间，没人吭一声，我们都被当时的情景吓呆了。

良久，一个穿夹克的年轻人经过，告诉我们钱是他的，朋友立即双手奉上，仿如龙山寺里的信士供奉神明玉兰花一般的虔敬。三人惊魂未定地匆匆离开是非之地。等我们冷静下来，心里都开始明白这是一个错误——这是一笔足以买一栋豪宅的钱，不可能属于一位20岁不到的年轻人；我们都不再提起此事，想为自己保留一些尊严，减轻一些罪恶感，因为我们可能已经让失主因此丢掉工作或生活陷入绝境。

我们来自相同的地方，受过相同的教育，即便身处数千里外的异

乡，行为思维模式仍非常相似，也的确做出同样的反应。原生地决定了呱呱落地时的原始嗅觉，还有数不尽的理由，让我们的心灵因它而踏实，无形中我们乐意被自己所爱的土地牢牢捆绑，幼稚的智慧只会显现在学校的试卷上。故乡弥漫的强势讯息，潜移默化我们的思想，我们被形体的空间限制，同时也被限制了许多创意和韧性的发挥。

奋斗对抗官僚体制

我初抵安曼的年代，台湾很多大学毕业生都到美国留学，通常没几年他们就能光鲜亮丽地衣锦还乡，且能身居要职。大学里和我形影不离的朋友去了美国，"铁匠洼地"里的学长们一两年后也纷纷离开约旦，到美国和英国求学或就业。每天忍受着刺骨寒风折磨的我，却不曾将此视为灾难，因为我自幼便认为人类是无比强悍的生物，没有达不到的目标。此时我的个性从习惯逃避转向面对问题，决心改变自己困顿的异地生活。

有一天下课后，趁着公务员都还在上班，我坐车到约旦教育部去，鼓足勇气递上陈情书给负责学院事务的司长。信很长，我为了强调凄惨的生活状况，用了许多纪伯伦风格的修辞，因为大学时代我热衷于寻找生命的答案，背诵过很多纪伯伦的散文诗，纪伯伦的思想影响我很深。

司长阅读我的陈情书时表情很凝重，仿佛是被我的信感动了，更有可能因为我是女生，在阿拉伯人的观念里，保护女性是他们的天职。他毫不犹豫地答应帮忙，让我可以进住宿学校。

事后我等了很久，但约旦教育部没有传来任何讯息。屡次催他们，得到的回应都是：“如果安拉愿意，就明天吧！”这是他们答应别人时经常说的话。然而在阿拉伯世界，“明天”总是非常遥远，于是我决定每天下课都到教育部等消息，我无意间使用了弱势者的施压方式。

大楼里的空气比我的住处舒适许多，我成了部里唯一的非上班族。大家逐渐认识了我，从我一进教育部大门开始，一路上都有人跟我打招呼：“嗨！胡达！”我就像他们的同事一样。很多职员私下会教我如何达到目的，但他们似乎高估了我的方言听力，当时我根本无法理解他们复杂的思想，但可以感受到浓厚的真情。

有一天守卫引我到一位职员办公室，要我在他办公室里念书等候消息，从此他办公室里的另一张桌子成了我的书桌。他们或许对我感觉好奇或同情，没有人会叫我隔天不要再来“上班”，我似乎给他们枯燥的上班生活添增了几许乐趣。那时候约旦的外国人很少，东方女学生应该只有我一个。他们持续赐给我希望，总是说：“如果安拉愿意，就快办好了！”

我渐渐了解，他们只有在看到我的时候才办我的案子。他们开始对我有歉意，常常送我书，尤其是从小学到高中的教科书，我的住处慢慢累积了许多书，我很开心拥有这么多免费的书籍。这段日子我从他们的小学课本一直阅读到高中课本，包含阿拉伯语文读本、语法、历史、地理、社会、伊斯兰文明等书籍，里面充满许多我从前不理解的阿拉伯文明的基础知识；我几乎是沉浸在阿拉伯文化里，每天祈祷不要长大，让我永远生活在知识的暖被中。

书店老板

这圈子的人都知道，当时阿拉伯大学不承认国外大学的阿拉伯语文学位，因此离开台湾时未曾抱着获得学位的愿望，我的阅读因此显得很自由。从这些教科书里，我发觉很多疑问，于是我开始造访位于安曼市中心的书店。

安曼市中心有一条街，如同台北早年的重庆南路，有很多传统阿拉伯书店，专卖学术性书籍，在那里常常可以意外找到珍贵的绝版书。我就在这儿买到了中世纪语言学家卡立勒（al-Khalīl bn Aḥmad）的《霭恩》初版。

大清真寺附近一家坐落在二楼的书店特别吸引我，里面没有豪华的书柜，但是书很多，价格便宜。老板见到我会喊“我的孩子”，只要如此呼唤我的人，我都倍感亲切，至少他不会夹带其他目的。他知道我来自遥远的台湾，便辟出书店一小块区域，让我坐在矮凳上阅读。

一星期总有几个下午我会在这里度过，感觉非常温馨与骄傲，因为中世纪大文豪贾希兹（al-Jāḥiẓ）为了满足阅读欲望而租下书店，而我不花一毛钱便可以在这里逗留到打烊，书店俨然成为我的书房。就像阿拉伯文明极盛时期书店是文人聚会所一样，我在这里认识了很多大学教授，唯一不同的是，我是一个沾不上学术边缘的求知者，只会干坐在一旁倾听。老板喜欢和我聊天，感觉他是一位饱读经书的学者，他会指引我看完一本书后紧接着看哪一本。

有一天他看到我进书店时冷得发抖，便煮肉桂红茶给我喝，从此以后我每次都可喝到肉桂红茶或鼠尾草红茶，因为从有回到无是很不礼貌的行为；我若买书，老板总会打六折卖给我。我们的友谊维持了十几年，21世纪初我重返这家书店时，他的儿子变成了老板。

如愿以偿

尽管沉迷在阅读里很享受，现实生活的挫折却让我对未来感到空虚，因为我们这个圈子流传着阿拉伯人性格上的缺点：早年大家嘲笑他们的脑袋很新，没使用过；后来他们说阿拉伯人是“IBM”：I是“如果安拉愿意的话”（In shā' Allah），B是“明天吧”（Bukrah），M是“可能吧”（Mumkin）。

许多外国人在阿拉伯国家办事，都有力不从心的感觉。某种程度上，以上这些说法，可以说是外国人在阿拉伯世界生活累积下来的抱怨。我这次的经验表面上验证了这些传闻，然而我似乎蛮喜欢阿拉伯人，常常不忍心批评他们，主要原因或许是我能窥视他们心底的世界。

我自幼便拥有一个小秘密，我只需要把眼睛合上、脑袋放空，便能看见许多不同的画面：火红的枫叶、潺潺的流水、汪洋的大海、雨后的彩虹、咯咯笑的婴儿、神的手……犹如走马灯一般，时疾时徐在我眼帘上演。这些喜悦的彩色影像，总能抚慰我生活上的挫折。我的日子一直充满着雀跃的元素，即便是日后遭遇生离死别，我的“自愈”能力总能让我不致萎靡。

我秘密动画里的思维告诉我，这些阿拉伯人在第一时间答应帮我进入住宿学校求学，是出自真情。随后他们却发现事情没有那么简单：需要联系，需要找适当的学校。允许我进住宿学校，等于多释出一个奖学金名额，随之而来的是财务上的调度及法规上的问题……一连串困难令他们退缩或拖延。好面子的民族性让他们必须说："明天吧！"

数月之后，我接到通知，案子已经核定下来，我可以到住宿学校去了。我迫不及待地到教育部向司长致谢，他竟然邀请我到他家去吃饭，好似要弥补小女孩受尽煎熬的日子。后来他调到一所学院当校长，主动邀请我暑假住到他的学院，因为我的学校暑假会关门。我意外地有免费吃住的地方，还成了他孩子们的好朋友。

在阿拉伯世界生活期间我深深体会到，一个熟谙阿拉伯文化、积极且成熟的青壮年人，将对提升国家与阿拉伯国家之间的关系有所助益。在生命的旅程中，锲而不舍的精神为我自己带来安定的学习环境，虽然那可能是错误的一步，让我继续留在阿拉伯世界舍不得离去。至今我仍跟学生说，人生不过是一连串的选择，当你在十字路口抉择时，就是在为自己铺陈未来的道路。当时的我，将这个机会视为常春藤学校的入学许可，这是我用坚定毅力换得的结果。年轻人的热血与无畏是进步的原动力，换成今日的我，若每日的盼望落空，难保不会退缩。

3 戴头巾的女孩

即使已经时过境迁近40载，一旦忆及那段日子，一股从心底浮出的激流便会流窜在我的每根血管里。

在约旦海拔最高的地方，我开始第一次的异地宿舍生活。那是一所类似修道院的女子学院，可以遥望中世纪十字军东征时期的城堡。之所以譬喻它是修道院，是因为再没有更适当的名词来形容它的神秘感，以及生活在里面的每个灵魂。

我提着沉甸甸的皮箱，里面没有几件衣服，却装满自以为是圣典的阿英辞典、英阿辞典，还有许多大学时代的书籍跟笔记本，此外就是一颗渴望求知的心。这些负荷成为我联系过去与未来唯一的桥梁，后来这座桥梁逐渐崩解，是我摒弃了它的存在，抑或是它塑造了另一个“我”，一切都已经模糊了。

女子学院里的“热情”

到了学校，首先进入眼帘的是成群的乌鸦在枝头上哀鸣，似乎在悼念我的过去将从此与未来隔绝，抑或因我沦落于约旦海拔最高、最偏僻的女子学府而幸灾乐祸。乌鸦在阿拉伯文化里是极为不祥的征兆，它的阿拉伯语和“西方”“黄昏”“异乡”“陌生”等负面词语有相同词根，因为阿拉伯人有“右尊左卑”和“东吉西凶”的传统观念。

一群戴头巾、穿长袍的女孩从四面八方拥上来，七嘴八舌地讲一些语音熟悉却不谙其意的语言，顿时我的沮丧如同那些树梢上的黑鸟，苦读四年的阿拉伯语完全付诸流水。阿拉伯方言与正统语言有天壤之别，日后即使我会说约旦方言，阿拉伯地区其他方言仍然是极为困难的挑战，阿拉伯世界有300多种方言，偏远地区近在咫尺的两地，人们也可能无法彼此沟通。

她们仿佛见到玻璃柜里的中国娃娃，一瞬间，不知有多少只手在我的脸上游走。“她好小喔！”“眼睛好细喔！”“头发好软喔！”她们的惊叹让我想到有钱人家的宠物狗。紧接着，她们似乎想测试我究竟有多么小，几个女孩把我扛起来，放在她们的头顶上，犹如篮球比赛场上立功的球员。她们边叫边笑地说：“好轻！”是啊，对她们而言只有家里的小妹妹才可能有这种体重。

于是我这个大学毕业生被这群妹妹们当成玩偶，她们围着我，端详我、抚摩我；当时我并不在意，一心只想讨好她们，跟她们建立同生共存的关系，我知道接下来的日子，她们就是我的家人。似乎所有这些感官性的接触仍无法满足她们的好奇心，抑或她们期待这一刻的惊喜，能够停留在可以回味的记忆里，有几位女孩脱下她们的手镯、项链，示意要我接受。被中华文化熏陶已久的我礼貌地拒绝，她们非常生气，我因此被迫戴上许多项链和手镯。多年之后我才了解，接受礼物是“义务”，而“回报”才是重点。

初识同性之爱

山坡上三栋四层楼的建筑物，构成这个学校的所有人工内涵，剩余的就是安拉的创造物。进大门后见到的是教学楼，阶梯上去是如同台湾小学里篮球场一般大小的水泥地操场，分隔教学楼与宿舍。我称它为“操场”，是因为我在台湾未曾见过没有操场的学校，它除了两边设有篮球架之外，其实就是一块水泥空地。这块空地上留有住过这所学校的每一位女孩，甚至于老师的人生精彩片段。我的确这样认为，毕竟当她们走回家里，一切都会回归沉寂。

晚餐前后，学校同学会在这儿来回走动，就像台湾学校的操场会有许多人疾走一样，只是她们边散步边聊天，步伐非常缓慢。有几个女孩单独来回踱步，仿如一个人在餐厅里吃饭的凄凉或尴尬，不知道她们在想些什么。

偶尔她们又像朝圣者绕行麦加克尔白天房一样，庄严不可侵犯。这块空地也是老师和学生课后唯一能彼此相遇的地方。老师们走在靠近宿舍的内侧，学生走外侧，这似乎是约定俗成的纪律。当学生和老师迎面相对时，许多学生会故意把音量提高以引起老师注意，或偷瞄老师几眼。这些悄悄话、刻意装饰和提高的声音，以及或轻或重的脚步声所谱成的乐曲，至今仍不时浮现在我的脑海。

这时候的我，变成许多女学生争相伴随的目标，她们显然认为和我走在一起是一种荣耀，我也乐得享受这种莫名的尊荣。若老师们不再踱步，我身旁的女孩就明显少了许多，倒是几位对同性有兴趣的女孩不会在意我的存在。几乎每个女孩都知道这几对女孩的关系，有些好友会窃窃私语，但绝不至于传到老师的耳里。

我的寝室里有一对同性伴侣朋友，她们对我非常友善，宿舍的成员都对此事守口如瓶，大家自发地想保护她们。在《古兰经》和圣训里，同性恋是被禁止的。圣训有一些训示，使得这些朋友必须非常谨慎，譬如“最担心我族的行为是罗得族的行为”[1]，“安拉不看会进入男人身体的男人”。换言之，最后审判日时，安拉毫不考虑，直接将他们放入火狱。“谁若做罗得族人的行为，你们就杀了其做者及与做者。”尽管世界上每个社会都有这类性向的人，法律也不至于处理这些案件，但在阿拉伯人的价值观里，仍然属于不被认可的行为。她们非常低调，那也是我生平第一次认识这种性向的朋友，从好奇到尊重，都在这所学院里养成。

寝室里有八个上下铺床位，八个狭长的衣柜，没有书桌，天花板很高，只挂着一盏传统灯泡，亮度应该不到一百烛光。寝室的地板是磨石

[1]《古兰经》里罗得是亚伯拉罕的后裔，是一位先知，他的族人有同性恋的行为，罗得的规劝无效，终致被安拉毁灭。在《圣经》里罗得与他的女儿有乱伦的行为，与《古兰经》的故事有相异之处。

子地，冬天即使有暖气也会感觉寒冷，所以室友就从家里带来一床大地毯，铺在中间。我们所有的活动都在这张地毯上完成：念书、写报告坐在地毯上；下课后在宿舍厨房煮完下午茶、晚上煮完消夜，也端到地毯上吃。我在这里养成能席地写作，而丝毫不感觉脚麻的技能。

每个星期女孩们会在厨房做“艾纪达”。“艾纪达”是穆斯林保持身体清洁必要的礼仪。她们会煮糖水加柠檬，用小火煮成稠状，然后平铺在大理石梳理台上，等它稍微冷却后会像麦芽糖一样黏稠，她们将它平贴在手脚皮肤上，然后使力拔下来，毛发就跟着清除。通常她们会回到家里再清除私处的毛发。数十年后，台湾的女子美容按摩店里也开始流行这种焦糖除毛技术。许多阿拉伯传统习俗常常代表着自然与健康。当人们发现科技带来的是反自然的东西时，他们终得回归原始。

我们在厨房煮“艾纪达”时，常会看到她们两人相互帮忙。我并不是一个敏锐的人，在好几个星期之后，才察觉她们之间特殊的情谊。

偶像情结

每天晚餐前后在操场上来回踱步时，我逐渐发现同学们的话题常围绕着一位年轻女老师的举止与言行，她们对她的崇拜一度让我感觉自己是否对阿拉伯文化过于生疏，毕竟在台湾受教育的16年间，我未曾遇到一位让我终生难忘的老师。因此，她们将老师视为偶像，让我深感好奇。譬如她们用现代诗人赛亚卜（Badr Shākir as-Sayyāb）的诗描述这位女老师的绿色眼睛：

你的双眸是封斋饭时刻的
两座椰枣树林，
是月儿将离去的
两座晾台。
你的双眸欢笑时，
让葡萄园孕育绿叶。

她们将这首其实是政治诗的《雨颂》挂在嘴边，彼此用眼神示意，表示见到她或想着她。用纯情诗人加米勒·布塞纳（Jamīl Buthaynah）的诗，抒发她们对她的景仰：

来自你的少许，
何其多！
裨益我，
此外毫无恩泽。

同学们见到她，总刻意将声调放轻柔，走起路来变得轻飘飘的，说话咬文嚼字，仿如朗诵古典歌剧中女主角的台词。一回到寝室，她们就卸下面具，唉声叹气，不停地叫：“哎呀！我的心！”有一名同学因为这位老师从未留意过她，眼神开始变得空洞，对受到老师关怀的同学语带愤怒和妒意，我甚至感受到她的“哀怨”，同学之间的气氛有时会因

此变得很凝重。

当时约旦教育部给每一名外国公费生安排一位指导老师，我每天上完白天的课之后，晚上都必须到那位指导老师的寝室去上课。这学院的学生和老师分别住在前后两栋宿舍，中间有天桥连接，我只要从三楼宿舍过天桥便可以去上课。回到寝室后，同学们都挤到我床上，七嘴八舌地问东问西：她穿什么衣服？没有画眼线时是什么样子？喜欢吃什么甜点？房间是怎么布置的？我在同学中间的地位，也水涨船高。奇怪的是，与她们朝夕相处的我，逐渐感觉这位“绿眼老师”上课时的一举一动、一颦一笑都如天使般完美，见到她时会莫名地自惭形秽，不敢正眼瞧她。

阿拉伯女性之间的情谊深厚，无论是母女、姊妹或朋友，彼此之间往往存在一些不会外泄的秘密，这包含家中男性或其他女性。这种关系让人感觉非常温馨和安全。“保守秘密”几乎是同性相处的基本道德，在阿拉伯世界生活久了，很自然会依恋这种情感，而有脱离现实世界的感觉，甚至在内心深处认定这种同性情谊是生命原始的根。

生活在单一性别的小圈子里，常常没有管道抒发情感。当女孩欣赏某人之后，往往无时无刻不谈论她，生活唯一的目标似乎只剩下接近她、美化她或抱怨她没有回报情感，环境的影响力时常超乎想象。

同学们毕业之后通常就嫁人了，我还分别参加了那两位室友的婚礼，她们的父母亲自始至终都不知道她们在学校里的状况，因为每一位阿拉伯女孩都是她女性朋友的守护者。

向内心探索平静天堂

十年后我住在沙特阿拉伯，曾与几位博士班同学密切来往。当地女性都有帮佣，帮忙料理家事和照顾孩子，出外打理家用品或买菜等事，则由家中男性或男仆、司机负责，女人只需监督这些劳工。她们闲来无事，可差遣家里的司机载她们出去，与女性友人相约逛街或探访亲友，生活既舒适又安逸。重要的是，绝大多数的沙特阿拉伯女性都满意她们的生活，也都努力珍惜她们所拥有的一切。我和沙特阿拉伯好友经常谈论人生，感觉她们与约旦女人有非常大的差异，只能说富裕的国力和优渥的生活环境会让人民更乐观、更积极，且更有幸福感。

住在沙特阿拉伯的非阿拉伯女性友人常向我抱怨说，封闭的社会让她们如同生活在地狱，但我个人却打从心底感觉自己生活在天堂。在沙特阿拉伯我才开始拥有真正宁静的心，有充裕的时间思考，因而更了解生命，更重要的是稍能辨别虚妄与真实，建造一个独立而属于自己的世界。友人喻为火狱的地方，我视它为心灵的归处。

每天清晨睁开眼睛面对自己时，我总觉得无比幸福与雀跃，因为我未曾有机会如此清楚地看到自己。空旷的环境和宁静的生活，让人企图不断向内心探索，底处是性灵的栖息所，那是心灵达到无限喜悦的天堂。回到人群熙攘的小岛，我拥抱的宁静始终伴随着我，无论多么恶劣的考验，我都感觉能像仙人掌一般屹立不摇。我知道那是沙漠赐予我的珍贵礼物。

4 阿拉伯颜色魔法

我一生看过最大、最美丽的眼睛，是阿拉伯女人的眼睛。她们天生有一双深邃迷人的大眼，有时候我常迷失在这对眼睛里，仿如在海上泛舟，而忘记她们的质朴与单纯。

阿拉伯诗人自古对女人的双眼便爱恋不舍，他们说：“你的双眼是我的码头，我心已停泊”，“求主赐我两天多余的生命，让我为这对珍珠写一首小诗”。他们描写女人的眼睛像小野牛，既大又黑；又像瞪羚的眼神，睥睨高傲。但阿拉伯女人自己却不会满足于这双大眼，每天会涂上锑石眼线液，让眼睛变成一池深潭，让人难以捉摸。

阿拉伯女人用锑石（kuhl）磨成的粉液当作眼线液，中东、北非和南亚的民族都使用锑石眼线液，这习俗可以溯源到公元前3000多年前。法老时期的埃及人使用眼线液让眼睛更大更黑，并借以保护眼睛，免于沙漠气候的强烈日晒。阿拉伯人承袭这个传统，在婴儿出生时用一根小金属棒为他画上眼线。金属棒沾上锑石眼线液，在上下眼皮上来回画，他们认为如此一来不仅能让婴儿日后的眼睛又大又黑，还可以避邪保平安，不让嫉妒的眼睛煞到。今日的研究发现，它可以治疗许多的眼疾。我的儿子在襁褓时期曾经委托当地穆斯林照顾，他们每天为他画眼线，长大后他的眼睛比一般华人大许多，睫毛也很黑，我常想这或许便是锑石眼线液的功效。

指甲花的日子

伊斯兰赋予女人使用颜色的权利，除了眼线液之外，阿拉伯女人还经常使用指甲花粉彩绘来装饰皮肤，每逢节日或庆典女人都少不了它。最显著的例子是婚礼前一天，人们称之为“指甲花日”，是每一位新娘最重要的一天，这是她告别小姐生活的日子。这天新娘和新郎家都会设宴款待亲朋好友，新娘全身要梳洗干净，她的手脚甚至全身都会用指甲花粉彩绘，女性宾客也会一起跟着彩绘。这些图案通常是花卉、藤蔓与几何图案，可说是珍贵的民间艺术，由于彩绘会随时间消失，现代人往往借由摄影将它留存下来。

指甲花是自古至今阿拉伯民间热爱的染料，女人的日常生活几乎离不了它。使用指甲花的历史，也可推溯到埃及法老时期，埃及人把指甲花的叶片捣成浆，用来染双手、头发和治疗伤口，花瓣则用来提炼香精。现代研究显示，指甲花含有丰富的维生素K，它的叶子可以抗菌、抗癌，用来染发可以去除头皮上的寄生虫、油脂、头皮屑，还能减少头皮流汗，防止掉发，增加头发密度，延缓白发生长。

在阿拉伯文化里，指甲花粉还象征着喜气，阿拉伯语的“双红”指的是牙刷树枝（suwāk）和指甲花粉，前者用来刷牙，后者是染剂，都是他们日常生活的用品。阿拉伯文化中无论男女都喜欢红色，摩洛哥人经常说：“红色总是赢家。”阿拉伯民俗医疗常使用红色，譬如认为用红线缠绕手指可以医治气喘；红色石头可以让人宽心，治疗眼疾，避免伤口恶化等。虽然红色代表生命力与男性气魄，但有时也代表战争与伤害。

指甲花粉呈土绿色，有一股不很讨好的味道。如果染在头发上，黑色的头发会加深，淡色头发会呈红色，有白头发却非全白的人染起来有如刻意挑染，非常好看。使用方法很简单，将指甲花粉用热水搅成稠状即可使用，若要较深的颜色，可加入红茶或咖啡，若要淡色可加入柠檬；加入芥子油可以促进头发生长。等候一小时以上再仔细涂抹在头发上，最好一小撮一小撮染，以便深入发根，接着等候约五小时便可冲洗。

在约旦求学期间，宿舍女孩每两个星期使用指甲花染头发、染手。她们几乎个个都拥有自然卷的浓密黑发，对头发的保护无微不至。在阿拉伯世界生活时，我也养成使用指甲花染发的习惯，至今已过一甲子，头发依旧黑多于白，可见其功效。

无形监控

我很怕让人有压力的人、事、物。我第一次住宿时碰到的舍监非常爱美，她被眼线液淹没的双眼总是透露出对邋遢女孩的不屑，大家见到她都会不自觉想整整衣衫。

她个子高，总是穿着很时尚的长衫，感觉是市面上买不到的，而是在巴黎或米兰专门为穆斯林制作的高级服饰，脖子上和手上分别戴着许多项链和手镯。在外她喜欢穿着欧式的高跟鞋，在宿舍里则会穿高雅的便鞋。

阿拉伯人喜欢又高又丰满的女孩，打扮时髦的女孩都特别喜欢穿很高的鞋子，她们虽然思想传统，穿着却很欧化。这位舍监的打扮比较特别的是，她身上有许多指甲花粉的彩绘，脸上的一小片面颊、手背到小指上会绘上很美的缠枝或几何图案，穿着凉鞋的脚背上也有指甲花彩绘，感觉她是一位能兼具时尚与传统的聪明女人。尽管如此，她的嗓门却非常大，大家听到她的声音都不自觉地心悸。

我自幼即和时髦女孩隶属于不同团体，对这位舍监我当然敬而远之。但无论我走到哪里，都会看到她，她似乎把我视为她的“财产”，有事没事她都会暗示我不可离开学校。每逢星期三，宿舍同学回家度周末（当时约旦周休星期四和星期五），她会紧盯着我，生怕我突然消失不见。每个星期四、星期五两天，全校只剩下我和她，还有一群侍候我们两人的厨房女工，她们照常为我们两人煮每一顿饭。老师餐厅和学生餐厅分隔成两间，只用矮墙相隔，我和舍监常常大眼瞪小眼，彼此遥望；倘若我没胃口不去餐厅，她会找工友到寝室把我抓下去吃饭。

每周的这两天是我最难熬的时刻，平日女孩很多，她无暇监视我，但此时我的一切都在她的控制之下，我仿佛是被困在宝塔里的公主。我常常祈祷她的亲人来访或让她家中有事赶回去，但甚少如愿。有时候她会突然叫工友拿一些她家人送来的甜点给我，但我不爱吃甜点，通常就留到同学们回来，再请大伙儿吃。

为了不生活在她的权威之下，这两天我喜欢到学校后面山丘的松树下读书。夏天时我会在树下铺一条毛毯小憩，约旦高山上的松树枝叶浓密，苍劲挺拔，也是乌鸦的最爱，树上的乌鸦纵使嘈杂，也比在脑里装着舍监的影子舒畅。我的不耐烦升高到极点，似乎已经成为笼中鸟。

挣脱控制枷锁?

有一次我跟寝室同学计划好到她家度周末，大伙儿教我骗舍监说要去台湾代表处，因为所有人对代表处这种机构都敬畏三分，用这个理由骗她再适当不过了。阿拉伯女人与男人的性格有天壤之别，女生对外普遍内向，她们不会多事，自然不会去求证。在她们的观念里，女孩不可能没有一个监护人，我离乡背井来念书，代表处理应是我的监护人。她们哪里知道，没有几位代表处官员想理会我们这些穷学生，我们只要不去找他们麻烦或闹出事情便是乖学生，中国人最喜欢别人乖乖听话，就像我父母亲一样。

我顺利过关，从此以后无往不利，只要说我去安曼便没事，从此开开心心度过每一个周末。每次做客完之后回到宿舍，我不仅写完每天的日记和作业，每星期要背的诗也滚瓜烂熟；我的眼睛又黑又大，我的手脚也都是指甲花彩绘。

我的同学大多数来自乡下，乡下人很喜欢指甲花，我去做客时她们的家人常帮我涂上指甲花粉液，画眼线液，有时还会帮我戴上头巾，遮住她们认为女人最美的脖子。说也奇怪，自从周末有了“归宿”，我便愈来愈喜欢舍监，感觉跟她的距离拉近了。

离开这所学院时，舍监到校门口送我，在临别的亲吻时，她哭黑了脸颊告诉我，她很开心看到每个周末我从同学家回学校时，脸上都挂满笑容，希望我带回故乡的是美丽的回忆。我愣在那里，不知要感激她的宽容，还是要对自己的谎言感到惭愧，但我能肯定的是，她始终在“控制”我……

❺ 丽娜母亲的『玛格露巴』

我在约旦亚尔穆克大学念硕士班时，每逢星期三下午都会有许多同学围绕着我，邀请我到她们家里度周末。其中有些人并不认识我，只是知道学校有一位离乡背井的异国女孩，或许是基于好奇，想与我结交朋友；亦或许纯粹基于同情心或友谊；更可能的是，我的平凡给予她们某种程度的安全感与自信心。

为了调解她们做东的顺序与满足浪迹远方的渴望，我理出一套方法，从住在离学校最远的城乡依次排序至同学家做客。

第一次去做客时，我带着小礼物，带着故乡培育出的礼仪，邀约者是我的室友丽娜，她身材高挑，个性沉默。站在门口迎接我们的是丽娜的母亲，她有棕色浓密的头发和一双迷人的棕色眼睛。她身旁挤着十几个人头，有几位是青少年和少女，还有更多的是幼童，一位还依偎在妈妈的怀里。

我以为是邻居孩子都来迎接我们，后来丽娜为我介绍，这些都是她

的弟妹，数一数连同丽娜共有15个。丽娜的妈妈结婚后未曾停止生育，年纪虽刚满四十，脸上尽是沧桑。他们的客厅就是孩子们的卧房，爸妈住另一间。白天铺在地上会客用的阿拉伯式沙发垫，晚上便成为他们睡觉的床褥；白天棉被卷在客厅的角落，仿如现代文学家阿赫马德（Aḥmad Amīn）笔下他家的卧房。早上孩子们一同起床，晚上一起脚顶着脚睡觉，脸上挂着满足的笑容。他们家外面圈养着三只羊，当天就为我宰了一只。我的到来让孩子们好像过开斋节一般兴奋，一起床就围着我问东问西。

“中国盘”

做客三天，每顿午餐不是玛格露巴（maqlūbah）鸡肉饭，便是曼萨弗（mansaf）羊抓饭。阿拉伯人喜好使用香料，丰盛的午餐通常会有一道主菜，玛格露巴和曼萨弗分别是巴勒斯坦和约旦著名的主菜。主菜的共同之处，是用“中国盘”（铝制或钢制的大圆盘）来盛装以油、盐、香料烹煮的米饭。这个大圆盘直径约50厘米，名称可能与公元15世纪初明朝永乐年间郑和下西洋有关。明朝人了解阿拉伯人围盘而食的习惯之后，在中国制造青瓷大圆盘外销到阿拉伯国家；瓷盘在阿拉伯语里与“中国的”同音，日后这种盘子无论是否为瓷器，都称为“中国盘”。

永乐皇帝对中阿文化交流的贡献匪浅，此时许多的中国瓷壶出现八角形状，便是取自阿拉伯人清真寺里的八角形烛台形状，经过中国人的精湛技术，变成融合中阿智慧的产品。今日阿拉伯穷人或因没有能力购

摄影 / 傅怡萱

买瓷器，或因瓷器太重，通常都使用金属制产品，尤其是铝制圆盘。

阿拉伯名菜烹调过程十分费时。有些主菜，如玛格露巴，饭里会有炸过的马铃薯、花菜、茄子等。饭上铺着烤过或煮过的肉，以羊肉最普遍，再撒上金黄色的松子、杏仁及薄荷粉末。有些主菜，譬如曼萨弗，会在肉上面淋羊酸奶。除了主菜之外，还有库巴、塔布拉、鸡汤等摆满桌的小菜。

阿拉伯国家的土产羊肉非常鲜美，加以伊斯兰式的屠宰和月桂叶、香料的使用，至今回想起来都垂涎三尺。我常为了要满足这些记忆，每隔一阵子便从台北开车到桃园乡下一位阿拉伯朋友家吃饭，深夜再开一个半钟头的车回台北。我几乎能确定自己的某一部分已经是阿拉伯式的。

午餐是阿拉伯人一天的主餐，用餐时间往往迟至多数人下班及中小学下课之后，下午两三点，晚餐时间自然也相对迟至晚上八九点。注重养生或贫穷的人，往往因此不吃晚餐，但午餐的高卡路里及一天所吃的甜点、饮料便足以令他们罹患心脏和血管的毛病。他们的平均寿命也因饮食习惯而相对偏低。

“三分之一”哲学

丽娜家虽然毫无装潢，甚至几乎是家徒四壁，但年轻不更事的我，依然顿顿填满自己的口欲。在阿拉伯乡村或沙漠的贝都因人，至今仍维持用手不用餐具、盘坐在地上围食的传统习俗。不过丽娜家虽然在乡

下，但父亲是村里少有的工程师，他们吃饭都用汤匙而不用手；限于家中空间狭小，又没有餐桌椅，大家都坐在地上吃饭。

我到许多家境优渥的同学家做客，她们家的餐厅类似欧洲古时候的摆设，墙壁上的柜子是精品展览场的橱窗，配上精美雕刻的木质餐桌椅和高雅餐具，有如进入公元19世纪的欧洲，当然这些相互影响都和他们的历史有关。

如今回想起来，我和孩子们在两天三夜中，可能吃掉了丽娜家里一两个星期的粮食。诸如此类的行为我每星期都重复在做，无知的幸福，让数十年后回忆起此事的我心生深深的歉意。由此我更理解为何穆罕默德要人们只吃七分饱："对人类而言，填满任何器皿都没有比填满肚子更糟。人只要吃支撑身体的食物就够了。如果必须得吃，那就吃三分之一，喝三分之一，三分之一用来呼吸。"

现代穆斯林以此符合健康的理论为傲的背后，或许还隐含着当时穆罕默德对许多挨饿同胞的不舍与同理心。穆斯林的"斋月"也是出自同样出发点，当富人与穷人一起斋戒时，自然会明了"饥饿"是什么滋味，他们因此不会吝于施予。我在阿拉伯海湾国家餐厅或饭店，屡屡看到阿拉伯客人塞一把钞票在服务生手里的情形，我知道那是出自他们心底的怜悯。倘若今日世界上的慈善机构都秉持这种心态，或许假以时日，这些慈善机构都无须再设立了吧？因为他们会更聪明地从根本做起，让人人有饭吃、有衣穿。

慷慨与浪费的对比

“慷慨”是阿拉伯人重要的价值观，源自蒙昧时期的部落社会习俗。阿拉伯人吟夸耀诗时，经常标榜这种品德。圣训也肯定蒙昧时期的这种价值观，并将贝都因人义务款待客人三天的习俗法制化，过了三天才得问客人的需求。譬如蒙昧诗人哈提姆（al-Ḥātim）宰心爱的马儿宴客；被列为阿拉伯四大吝啬鬼之一的伍麦叶时期诗人胡太阿（al-Ḥuṭay'ah）的诗里叙述他家中无粮，家人连续饿了三天，此时有客人来访，其子提议将自己杀了来款待客人，他竟思考是否要接受杀子宴客的建议。我在上阿拉伯文学史课提及此事时，充满创意的年轻人问我：他怎么没想到杀客人来喂食稚子？学生的创意让我猛然意识到，阿拉伯人再怎么吝啬，也能遵守他们慷慨的价值观。

今日阿拉伯人无论贫富仍然维持这种传统，到阿拉伯朋友家里做客是不需要带礼物的；阿拉伯语“欢迎”一词，来自一句话的缩写：“你下马来是我家人，你住下来要随意。”视客人为家人，自然是秉持最诚挚的心。

然而，阿拉伯人慷慨性格的背后，却也隐藏让人惋惜的现象：许多富有的阿拉伯家庭在宴客后，将大批食物倒进垃圾堆里。全世界每年生产40亿吨食物，其中12亿吨的食物浪费在垃圾堆里；阿拉伯国家一年家庭垃圾的总量达8000万吨。讽刺的是，今日世界10亿饥饿人口中，有8亿恰好是穆斯林，譬如摩洛哥、苏丹、伊朗、叙利亚、埃及、伊拉克、也门、阿尔及利亚、孟加拉、巴基斯坦等地的穆斯林。更有甚者，阿布达比于2016年至2017年间开始运作垃圾转换电能厂，将每年百万吨垃圾转换成电能，预计可供应2万户家庭用电，足见富人对食物的浪费有多严重。世俗的粮食的魅力对人类而言，还是胜过来世的粮食。

6 贝都因帐篷

阿拉伯人自古便重视第一手资料的取得，为了求证一个讯息，文人往往千里迢迢深入沙漠。由于贝都因人的生活甚少与外界接触，故他们的阿拉伯语被语言学者认为是纯正语言，成为标准语言的语料四大来源之一，另外三个来源是《古兰经》、圣训，以及伊斯兰150年以前的阿拉伯诗歌。一般学者认为穆罕默德虽是文盲，但他的语言纯正优美，便是因为他年少时曾经在沙漠里牧羊。我学习阿拉伯语文，也希望模仿阿拉伯古人，到沙漠里撷取第一手资料，却没想到第一次深入沙漠是去做客，吃约旦名菜曼萨弗。

荒漠取经

有一天，棕发碧眼的芭尔扎老师邀请我到约旦南部克拉克沙漠的贝都因帐篷去做客，因为她要我学习最正统的阿拉伯语。克拉克沙漠里有一座十字军东征时期所建的城堡，建筑非常雄伟。我们经过城堡，又穿越许多山谷，芭尔扎老师的小车子几乎快承受不了忽高忽低的黄土路面。围绕着山谷上方翱翔的是老鹰，若非亲眼所见，实在无法相信在这么荒凉的旷野中会有人居住。

在阿拉伯世界常常能欣赏老鹰的英姿，沙特阿拉伯阿卜赫国家公园便有赏鹰一景，那里有数百种老鹰在峡谷里翱翔，从它们的飞翔方式中，我学到“平静才是力量”。由于路况很差，我们把车子停在一处斜坡上，然后卖力地走了很长一段路，两人身上的长衫都已经沾满黄沙，裙摆都呈灰黑色，才抵达目的地。

我们抵达时已经过午，贝都因人远远看到我们便大声喊：“平安！”全家大小都出来迎接我们。初见女主人脸上的刺青，让我心生恐惧，很纳闷为何伊斯兰禁止刺青，虔诚的她们却做了？往后的日子里我了解到，不能将阿拉伯文化全数溯源于伊斯兰，任何民族都一样，有流传自祖先的民俗习惯，也有来自信仰的礼教。有些人看到穆斯林就把他们归类为恐怖分子，便是陷入相同盲点，这些人若不是无知，便是无法敞开心胸接纳“他者”。

女主人在我左右脸颊上亲吻，嘴里念着：“欢迎啊！亲爱的。”她的身上发出熟悉的臭味，我感觉有点儿不舒服，但不一会儿，她流露的热情便让我卸去心理的防备，回复在城里的自在。

传统与现代交互冲突

我们坐在帐篷外一处空地上，地上铺着从帐篷里拖出来的颜色鲜艳的毛织毯，上面再铺上塑胶布。贝都因人帐篷内侧的织品“萨度”，是帐篷女人的手工艺术品，代表着阿拉伯半岛上贝都因人的传统艺术，使用的材料通常是骆驼毛或羊毛，织成以红、黑、绿、黄为主要颜色的横条状图案。实际上来说，“萨度”有隔绝沙漠强烈阳光和夜晚酷寒的作用。

在约旦，有一位哈山部落的贝都因妇人，终其一生织的“萨度”，其图案都是以正三角形和倒三角形组合而成，有一次侯赛因国王探访这个部落，将这妇人的作品广为传播，后来变成约旦国宝级的艺术品。我常用这个例子鼓励有才气的年轻人，不要轻忽自己的能力，更要珍惜身边的贵人。倘若当时叙利亚总统没有给予贫穷的诗人阿多尼斯念书的机会，他现在会是诺贝尔文学奖的热门人选吗？

贝都因朋友铺上这块塑胶布，对周围的任何事物都显得突兀，但也透露出这位朋友的心思：我仿如这块塑胶布，是一个突兀的存在，我的吃饭技巧，必定会玷污漂亮的毛织毯。多年以后，我渐渐了解这世界充满类似的矛盾，不管是传统与现代的冲突，或是物质享受与精神价值的冲突，矛盾与冲突往往组合成另类的美与和谐。灵性的选择往往异于意识的境界，让人困惑的是，同样的道理运用在两个族群或国家，这种美与和谐便不再存在。

沙漠苍蝇

我们尽情喝着传统咖啡，吃他们从附近绿洲带来的椰枣、无花果和

烤过的绿色鹰嘴豆（hummus），边聊天，我边做笔记。那是我在约旦学习的第二年，以后每每能与贝都因人聊天，心里便感觉踏实，也奠定了日后朝向古典语文学方向研究的基础。

主人在帐篷外的一只绵羊旁边蹲下来，随后迅速端来两杯羊奶给我和芭尔扎老师。远看杯子是锡制的银色，顿时却变成了黑色，再仔细一瞧，原来上面停满脑满肠肥的大苍蝇。芭尔扎对我使了一个眼色，要我义无反顾地喝下去。我闭着眼睛，一口气吞下，只听到成群的苍蝇在我耳边嗡嗡叫，仿佛抗议我喧宾夺主。我不禁想起蒙昧时期诗人案塔剌（'Antarah al-'Absī），为了研究他自己的名字"案塔剌"（意为绿色或蓝色会螫人的苍蝇）的来源，而潜心研究苍蝇。沙漠的苍蝇想必自古便很猖狂，以致在他的《悬诗》里有空前绝后描写苍蝇的诗句：

苍蝇窃据其间（花园），
如同瘾君子的鸣唱。
它哼着小调，
手臂搔着手臂痒，
仿如专注打火的断臂人。

喝完了苍蝇品尝过的羊奶，我过敏的肠胃安然无恙，我暗想沙漠生物的唾液必是无菌的，诚如阿拉伯人所说："苍蝇已经帮我们验证了无毒。"此后我经常在沙漠野餐，荒凉也是一种绝美，等你习惯了它，对声名地位自然会淡然处之。苍蝇成了我的伙伴，仿如家中的宠物狗一般，只会打发它们走，不会起厌恶心。

曼萨弗羊抓饭的魅力

当天我们的午餐是曼萨弗羊抓饭，硕大的“中国盘”里面装着丁香、番红花染黄的巴斯马提饭（巴基斯坦米），上面是一只全羊，包括它的头、眼睛、背、大腿和小腿，主人在饭上洒满羊酸奶汁。所有人围着“中国盘”，我们依照阿拉伯人的习惯先洗手、漱口，再吃饭。大家先说“奉真主之名”，主人就邀我们一起动手。

主人热情地示范要如何享用这只全羊，他用右手指头熟练地滚卷出一小团掺加酸乳汁的饭，迅速往嘴里塞，干净利落。穆罕默德在圣训里曾提到，用右手三个指头吃饭是谦逊，不得像魔鬼一样用两个指头吃饭。若是用四个或五个手指吃饭就是贪婪，更不得左右两手都使用。对于新手而言，这门技巧不是很容易学习，我右手每一根手指都沾满饭粒，嘴边沾满白色的酸奶。我感觉非常忙碌，不时要用左手擦拭嘴，右手仿如沾上棉花糖一般的难受。大伙儿忙着为我重复示范动作，要我模仿。

主人看在眼里，索性抓一大块羊肉，摆在我眼前。不知他是为了帮我解围，要我吃肉以免尴尬，还是因为羊肉比米饭更能表示他们的热情？其实用手吃熟软的羊肉也不是很容易的事，脸颊如同吃粽子时沾上糯米饭一般黏答答的。我突然灵机一动，想试试羊头，因为那是全羊看起来最光滑没有困难度的部分。谁知我一伸出手碰到羊头，主人立刻起身，去宰另一只羊。

尽管芭尔扎老师急忙帮我解释，主人还是坚持这么做，我愣在那儿不知所措。从他们的动作，我知道自己犯下了不可弥补的错误。原来这个部落的习俗是客人一旦碰触到羊头，表示他感觉主人食物不够，主人就得弥补。在沙特阿拉伯有些部落的习俗是将羊眼睛给最尊贵的客人，因此到部落做客，得事先了解各部落的习俗。

阿拉伯人吃饭是一气呵成，全部菜都上来才吃，因为必须让食物稍微冷却才吃，不能“趁热吃”；若食物过烫，不得吹气，那是不卫生的。有一次我在台湾款待科威特教授吃中式餐，老板为了招呼其他桌客人，我们点的菜上得很慢，结果大伙儿只吃了前面几道菜就起身走了。

对于饮食文化的差异，即便是受过西方教育的阿拉伯人也难适应。“吃”对他们而言，与华人社会相同，是象征意义浓厚的世俗行为，所有人际关系都透过“吃”来完成。高道德的人对于不应该吃的饭一定会避嫌，没有利害关系的“吃”则是情谊的桥梁。

记得从前在阿拉伯国家，为了外子的工作，我有时需要在家做50人以上的餐点宴请阿拉伯人，且必须用心调配和选择他们喜爱的食物，譬如炸春卷、百角虾球、蒜蓉虾、糯米烤鸭、柠檬鱼、腌黄瓜和炒面等。他们喜欢看起来“一目了然”的食物，酱料和酱油会使食物混浊；外皮淡然无味的包子等食物，他们通常也不爱尝试。蛤蛎、螃蟹等带壳的东西他们也不吃，因此在沙特阿拉伯的日子里，我们经常在假日到东部的达曼（ad-Damām）海边捡蛤蛎。那是连幼儿都能做的事，因为海滩上只要有水的地方就能捡到又大又肥的蛤蛎，煮前无须浸泡退沙，味道非常鲜美。我们为了储存蛤蛎，还买了冰柜。离开沙特阿拉伯的前两年，海边不再有蛤蛎，必须游泳下去才捞得到，因为韩国人多了，他们往往开着小货车，一麻袋一麻袋地满载而归。

阿拉伯饮食礼仪

芭尔扎老师告诉我阿拉伯人围坐吃饭时的礼仪，是吃“中国盘”边缘靠近自己的食物，不要吃别人面前的食物，更不得从中间吃。即使是单独进食，也要先吃靠近自己的部分。边吃边聊天是阿拉伯饮食的礼仪之一，他们认为聊天可以让食物消化，不至于饮食过度，但嘴中带着食物时不得说话。此观念是针对犹太人吃饭时沉默不语的修正。宗教人士甚至劝人吃饭聊天，主题最好是牵涉到真主赐予食物的恩典。

吃饭只需吃够，不要吃太饱，《古兰经》有下列经文：“你们吃，你们喝，但莫过度！”（7:31）[1]阿拉伯人常说三餐的比例，早餐要吃百分之四十五，午餐百分之三十五，晚餐百分之二十。然而，一般人很少如此做，通常是早、晚餐吃得少，午餐特别丰盛。用餐时忌讳偷看邻座吃多少，或做出擤鼻涕等不雅动作。在往后研读古籍的漫长生涯里我逐渐知道，这些细枝末节原来都记载在宗教和文史古籍里。

一般人不知道阿拉伯原始资料的重要性，往往以讹传讹，错误的资讯漫布。记得有一次和某位教授讨论有关阿拉伯饮食文化的议题，我告诉他今日欧美盛行先喝汤，再吃主菜，最后吃水果、甜点的饮食文化，

[1]此符号代表《古兰经》第七章第三十一节，后文皆以同样方式处理。

是来自中世纪绰号“黑鸟”（Ziryāb）的阿拉伯音乐家的创意。他为了躲避嫉妒的老师，从巴格达移民到阿拉伯安达鲁斯（今日西班牙），在那儿他发挥智慧，创立这一套饮食美学，影响世界至今。

这位教授充满歧视，嗤之以鼻，当场让我啼笑皆非，清楚地让我感受到此人对非美式异族文化的莫名敌意。令人纳闷的是，一位无法敞开胸怀接纳相异文化与思想的人，如何教导学子建立国际观？

尽管我们吃得如此尽兴，但贝都因人的食物来之不易，绝大多数都来自于他们畜养牲畜的肉、奶和乳酪等。沙漠里能供食用的植物非常稀少，冬天的绿洲可能可以种植大麦、扁豆，夏天种玉米；土质稍微好一点的地方可以种植葡萄、无花果和椰枣。过去他们的大饼是用大麦制作，后来他们开始在沙漠种植小麦，大饼逐渐改为用小麦制作。

注重卫生礼节

吃完饭，大家得洗手、漱口。他们没有城里的自来水可用，都是从附近绿洲打来的地下水，水装在长嘴皮囊里。一位女孩帮我倒水，为了怕浪费他们的水，我只稍微抹了一点肥皂，草草把手洗了。在阿拉伯文化里，“卫生”是很重要的礼仪，自古穆罕默德便劝穆斯林用牙刷树枝清洁牙齿，信奉伊斯兰教的信徒在念“清真言”之前要净身，礼拜前要小净或大净。阿拉伯人领先世界，认为细菌的传布媒介便是双手，因此碰触食物之前与之后、如厕之后、睡觉前后、探望病人前后都必须洗手。穆罕默德也训示要注重庭院、家居的整洁，更提到不得吐痰在地。

接着我看到有一位男孩离开帐篷，朝向沙漠里走，芭尔扎小声告诉我，他是去上厕所。我很好奇他们的厕所在哪里。芭尔扎笑着说，大地就是他们的厕所。她跟我说了一则令人莞尔的趣事：有一个都市人西装笔挺到沙漠做客，因为贝都因人的曼萨弗太好吃，他把肚子塞得满满的。不一会儿他感觉肚子不对劲，非常着急地左顾右盼，想找厕所，然而放眼望去只见无垠的荒漠，完全没有搭建物。好不容易看到一位穿着黑袍的贝都因人朝向远处走去，他便尾随而去。但见这位贝都因人把外袍摊开，蹲下来方便。他耐心等到此人完事，礼貌地问他："你可否将你的'厕所'借我一用？"我问芭尔扎如果是女人，该怎么办。她笑着说："蒙上面纱就更安全吧！"

上厕所在保守的社会里是一件羞于启齿的事，据我的观察，除非是彼此熟悉的同性之间，否则无人会主动提及这种需求，我对阿拉伯人身体结构的特殊性常常啧啧称奇。无论是现代化或是传统的阿拉伯厕所，都有如厕后清洗私处的设施，颇合乎卫生。"厕所"一词在阿拉伯语中也因文化传统而有许多文雅的词语，除了用"盥洗室"表达之外，尚可说"水屋""礼仪屋"等，或使用外来语，如"toilet""WC"，以避免熟悉语言的尴尬。

"帐篷"文化

记得我在沙特阿拉伯工作时，有一年王室请我们去参加当地一年一度的"国家文化遗产嘉年华会"（al-Janādrīyah），看骆驼赛，这是沙特阿拉伯自1985年以来每年春天的盛事，节目内容包含书展、民俗艺术展、

摄影 / 傅怡萱

剑舞、骆驼赛、马赛、诗歌朗诵、市集、文物中心、手工艺展等。许多阿拉伯国家都有这种文化节庆，譬如阿曼每年1月1日到2月2日举办的“马斯开特嘉年华会”；约旦每年夏天也在罗马古城杰拉什举办类似的嘉年华会，吸引了很多来自欧美的观光客。

伴随嘉年华会整天的活动，我们先到王室帐篷去做客，偌大的帐篷里铺着一体成形的波斯地毯，一眼望去便知那是定做的丝毛混纺波斯地毯，针数非常细密，当然也必定昂贵。通常年代超过35年的丝毯或丝毛混纺毯，会列为珍品。阿拉伯人很喜欢波斯地毯，它们通常图案非常复杂，以花鸟花纹为主。有些家庭为了避免形象图案，还会从伊朗伊斯法罕定做。我也见过他们使用天津地毯，针数较少，但图案很大方。

帐篷里应有尽有，已经电气化，是融合传统与现代的住所。许多海湾地区的城市阿拉伯人，虽然住在豪华的别墅甚至皇宫里，却喜欢在郊外拥有周末休闲处或别馆，帐篷对他们而言有“返乡”的情怀，往往是一般人轻松自在的度假地。

帐篷是每个阿拉伯人的根，经常是用动物皮毛制成，最早的阿拉伯人称它为“毛屋”（bayt ash-sha‘r）。他们的一节诗也称为bayt ash-shi‘r，意为“诗之家”，即他们老祖先居住的帐篷。一节诗的各个组成分子也沿用帐篷的结构单位，如“桩”“横梁”“一扇门”等，可见在他们的内心深处，帐篷如同诗一般美丽。精神与物质的结合在阿拉伯文化里处处可见。

7 死海呼唤

在阿拉伯世界，你会感觉口耳相传的习俗要比任何制度或指标来得可靠；行走于这个区域，依赖人要比依赖指标来得安全。如果太过于执着既定的法规，那么你可能会遭遇像我一样的濒死经验。

死海是约旦河注入的内陆海，面积有650平方公里（2010年），高度低于海平面400米左右，是世界上海平面最低的地方，盐度高达百分之三十，是一般海洋咸度的9倍之多。因为盐度过高而无生物可以在里面存活，故被称为“死海”，旁边的岩石也都因为海水盐度高而呈白色。

死海夏天非常炎热，温度可高达50℃左右，然而此地得天独厚，因为水蒸气多，阳光无法直接照射人体，即使在此晒太阳也不至于晒伤。冬天的死海非常暖和，是约旦著名的避寒胜地；里面的泥巴蕴藏丰富的矿物质，可以治疗许多皮肤病。今日无论是约旦或以色列，都用死海泥巴制造面膜及其他美容和医疗用品，为他们带来许多贸易利益。

《古兰经》提到，先知罗得劝家人远离同性恋行为，他们不听从，

安拉于是降下地震，用火烧了他们的五个村庄，让他们全数葬身在死海里。“当我的命令降临的时候，我使那个市镇天翻地覆，我使预定的、连续的石头像雨点般地降落在他们身上。”（11:82）

然而，所有具形体的人、事、物，甚至于大自然都会改变，现在死海每年水位都会下降，预计20年后就会干涸。阿拉伯人把这种现象归咎于以色列人过度使用约旦河水，使得约旦河没有足够流量注入死海。专家们目前正积极抢救死海，还计划引地中海或红海的水到死海。

我曾数次到死海旅游，每次最渴望做的事，便是白天漂浮在死海上看书；赶时髦，在脸上涂上死海泥，让皮肤变得光滑；晚上躺在死海滩上看星空，那儿皎洁的月亮和拥挤的星星让你终生难忘，让我想起齐豫的歌：“天上的星星为何像人群一般的拥挤，地上的人们为何又像星星一样的疏远？”此外，在这儿还可以遥望以色列和巴勒斯坦，屡次都有两岸本该一家亲的感慨；彼此的仇恨若让月亮都失去光彩，便辜负了造物主。这明亮的夜滩引发我无限的惆怅。

死亡之旅

死海是世界著名的观光景点，有一次我跟三位朋友一起到死海玩，当时约旦管辖的死海周边已经非常人工化，有商店、饭店以及应有尽有的卫浴设施，所以从安曼出发不需要携带食物或饮料。出发前我顺手带了一小串葡萄，脚上还穿着恨天高，轻松自在，犹如到商场逛街。朋友租了一辆红色轿车，宣示我们的青春。

我们沿路依照路标往死海开去，约莫行走了半个钟头，看见路标上有横线标示，同一横标上写着“死海”字样，事后我对朋友谈及此事，都会开玩笑说，那个标示是要人们通往“死亡之海”。有驾驶执照的开车朋友为我们解说，那表示前面有路直通死海。我心里纳闷，倘若有路通到死海，为何画一横线，而非直线？我说出心底的话，大伙儿笑我没有驾照还意见特别多。

车子才刚走入便道不到一分钟，整条马路就从柏油路面变成土石路面，还是几乎呈45度的下坡，驾驶必须一路踩刹车。这条路一边是峭壁，另一边是悬崖。车子里鸦雀无声，都是二十出头年纪的我们，被这突如其来的情景吓呆了。在驾驶座的朋友最后没办法控制车，因为刹车烧坏了，车厢里弥漫着机械烧焦的烟雾和臭味。他靠着方向盘掌控方向，车子迅速往下滑，车子何时停下来，已经从我的记忆里消失。

最后我们停在谷底，车子引擎完全烧毁。只见一边是海，另一边是峭壁，如果是在平时，我一定赞叹眼前这壮丽的景观。此时四人中出现各种不同意见，有人说停在原地等待救援，我说往回走，因为那是已知的路，尽管得费很大的力气爬山，至少知道方向。他们最后取得共识，继续向前沿着海滩走，显然我的建议没得到任何人认同。

我们身上都没有携带水，就靠我那一小串葡萄，四个人分，从清晨走到黑夜。我脚上的恨天高白天虽可以隔开沙滩的热度，但走在柔软的沙滩上，却是举步维艰。当天死海气温一定超过50℃，没有帽子、没有水。我们走了一整天，所有力气都用尽了，这段路却像没有尽头似的。最难忍受的是干渴，眼望着死海的水，却无法喝，公元8世纪的情圣乌马尔（‘Umar bn Abī Rabī‘ah）在他著名的情诗里说：

我说：我对她的爱，

犹如你无法喝水时之爱水。

生活在沙漠里的阿拉伯人对“干渴”的感受想必特别强烈，而“情爱”在人逢绝境时，唯物论已经沉在天平的另一端。

内在不会毁灭

夜幕低垂时，所有人的脚步都显得沉重、蹒跚，满天的星辰和皎洁的月亮虽然美丽，我却完全无法感受到任何诗意，此时仅存的是即将面临的抉择。年轻的我浪漫地认为，生命必须留下最后的一点尊严，死亡前我愿意拥有一点完全属于自己的时间，而不是走到枯竭倒下。于是我告诉三位伙伴，我决定留下来不走了。

已经是半夜的时刻，没有人有力气跟我讨论这个问题，他们继续走，我自己找了个靠近沙滩的石壁边躺下。多年以后我对朋友提起这念头，大家都很讶异，为何要放弃求生的机会？可以解释我心态的是与安乐死相关的议题，但更可能的内在理由是：我不认为里面的“我”会毁灭。

记得大学时宿舍有一位室友经常跟我谈论人生，当时我告诉她每个人都有两个“我”，我想她应该认为我不是在说双重人格的精神病患，便是在作诗吧？毕业以后倒是她成了童诗诗人，还得过奖。

躺下时我看到高耸的石壁顶端，有好几尊硕大的神像或国王像，成排地雕刻在石壁上，非常壮观。这景象清楚地刻在我的脑海里。事后我跟许多人提起此事，大家都认为我是在幻想，或者已经神志不清。我猛然觉悟到，记忆是完全属于自己的，也将随着自己的陨灭而从尘世消失，渐渐地我不再对人提起太多往事。

忽然，石壁与石壁之间的缝隙里跑出一只白色的狐狸，它双眼炯炯有神，动作迅速，忽隐忽现。尽管它的外表非常动人，但我并没有兴趣理会它。心想它大概在等待我的气息完全消失，好好饱餐一顿吧？无怪乎阿拉伯文学作品里狐狸永远象征着狡诈，而华人更注意的似乎是它的狐媚，我想阿拉伯人是比华人更务实的民族。

得救的矛盾

我似乎是睡着了，在睡梦中梦到天使手上捧着一颗硕大的夜明珠，缓缓朝向我走来，听见有人在喊我的名字，亮光逐渐刺眼，感觉地在剧烈地震动而苏醒过来。首先进入眼帘的，是满天闪烁的星星和皎洁的月亮，它们在沙漠的黑夜里格外明亮。没有去过沙漠的人，不能体会外国月亮真的比较圆，难怪阿拉伯人喜欢用月亮与星辰来描写一个人的秀外慧中。

朋友坐在军用卡车上，车上还有一群约旦士兵，他们把我拉上车。我全身无力瘫在卡车上，士兵说我们闯进了军事禁区，幸好他们当天出勤务，碰到我的朋友，所以绕回来接我。拥挤的军车上，我感觉到有人伸手摸我，纯洁的感恩之心被人类的愤怒掩盖了，我用仅存的力气嘶吼。在女性是水的制式观念里，粗鲁的愤怒为我赢得平安，但我从此对阿拉伯军人没有太大好感。

在往后的人生经历里，我一再经历类似的感觉：两个相互矛盾的价值同时存在于你对一件事情的经验里，让“完美”成为与人类完全绝缘的形容词，使得追求纯真的人在人群中成为异类，谎言继续被包装得天衣无缝。

最终我和朋友抵达军营，士兵装了一桶水给我们喝。我用水瓢往嘴里猛灌水，感觉非常甘甜，但就如同喝咸水一般，愈喝愈渴。不一会儿天就破晓，黎明的曙光让我察觉嘴里的甘泉原来是一桶污浊的河水。许多人、事、物未尝不是如此，甘甜与污浊本来就是一体两面，执着于某个价值常让自己走入绝境。众人劝我和朋友到医院去，但我们回去休息几天就好了，原来年轻便是身体最大的资产。

❽ 咖啡的秘密

中世纪阿拉伯人的发现与发明不胜枚举，尤其是科学上的成就，造就了欧洲的现代文明。这些影响在东西方词汇上都留下了痕迹，譬如英文词汇里所有以阿拉伯语限定词“al”为词首的名词，都是来自阿拉伯语，如市长（alcalde）、典狱长（alcaide）、酒精（alcohol）、碱（alkali）等。至于“咖啡（coffee）”一词，则可追溯到阿拉伯语的“qahwah”。

咖啡发源于公元15世纪的埃塞俄比亚和也门，16世纪初便流行于麦加、麦地那、开罗等地，但伊斯兰世界的咖啡馆文化则源于土耳其。16世纪时的也门总督派人送咖啡给奥斯曼土耳其帝国苏丹苏莱曼一世，他非常喜欢品饮咖啡，因此开启了土耳其的咖啡文化。

土耳其人煮咖啡的方式与传统阿拉伯咖啡不同，成分也不同。在奥斯曼帝国统治阿拉伯世界期间，土耳其咖啡也流行于阿拉伯地区，尤其是在大叙利亚地区和埃及。现在居住在都市的大叙利亚人、埃及人喜欢喝土耳其咖啡，阿拉伯海湾地区城市的阿拉伯人则仍热爱传统阿拉伯咖啡，其原因或许是奥斯曼帝国并未实际影响沙特阿拉伯及其以南地区，一般认为他们仅统治过吉达附近的狭长地区。

神秘读杯术

阿拉伯人煮土耳其咖啡，通常使用长柄小壶，同时火候非常重要。倒咖啡在有耳的小咖啡杯里，必须让每一杯杯底的咖啡渣平均，浮游在咖啡上面的泡沫油脂也要覆盖整杯咖啡上方，技术才算是合格；通常煮咖啡的时候会加入香料，尤其是豆蔻粉。

饮土耳其咖啡需要加糖，小小一杯不能饮尽，因为杯底是咖啡渣。女人喝完土耳其咖啡，喜欢将杯底残余的咖啡与咖啡渣摇匀，再将杯子倒扣在咖啡杯盘上，待杯子沥干后，解读杯底和四周的咖啡渣纹路，预测命运，称为“读杯术”。

在约旦亚尔穆克大学念硕士班时的一个暑假，我认识了一位住在学校附近的埃及妇人，我和同学都很喜欢去她家，因为她煮的咖啡有浓郁的豆蔻味，尤其吸引我的是每次喝完咖啡，她都会帮我们算命。

有一天台湾传来亲人过世的噩耗，我的心情掉到谷底，感觉莫名的恐惧及对家中生者的担忧。我央求她帮我读杯，她看到杯子后对我说：“最近你家里是不是有人遭遇不测？”我惊叹之余，苦苦哀求她教我读杯术。此后，每个黄昏我都会到她家去，学习如何将纹路与意义联结。这种技巧需要配合对纹路的判读与想象，只要套用规则便能清楚地说出一套有逻辑却不科学的话，比起八字或紫微斗数简单许多。回台湾任教

摄影／傅怡萱

之后，有些同事曾请我读杯，由于屡次结果都准确到让我不寒而栗，十余年前我决定戒掉此恶习，现在只偶尔在家用来自娱。

“读杯术”对纹路的判读有其规则，譬如在咖啡渣较少的杯缘上出现鸟儿形状，表示将有佳音、喜事、快乐等；若在浓咖啡渣的杯缘出现鸟儿形状，则表示伤心或疾病。若在少咖啡渣的一面出现人走路的形状，表示此人将成功、发财或结婚。若出现有人骑在马上，表示将有喜事发生；若是骑在其他动物上，表示会赚大钱或有偏财运。若出现有人往高处走的形状，表示有工作机会或将晋升。站着的人表示好运，坐着或躺着的人表示厄运或疾病缠身。站在水边的人表示有感情困扰；携带武器站着，表示官司缠身或与人有纠纷。若在杯底出现有人拿着武器，表示亲戚之间有争吵；若旁边出现白色，表示争执会和平落幕。

在阿拉伯文化中，白色象征纯净、光明、成功、智慧与知识，阿拉伯人说“白色的心”指的是无忧无虑纯净的心；“白色的手”指的是有力量的手；“白袍”“白帽”往往指德高望重的人；“白色的书页”指的是令人享受的文笔。“黑”“白”两个尊贵颜色的搭配，是阿拉伯建筑的一大特色，常用在伊斯兰建筑的拱门上，取白昼与黑夜的意义，象征宇宙的生生不息。

“嫉妒眼”魔力

除了读杯术之外，阿拉伯人还有许多与宗教并无关系的传统信念，最普遍的便是相信“嫉妒眼”的威力。年轻时，我始终无法理解阿拉伯人为何经常强调“嫉妒心”的伤害力，为何将自己的不幸归罪于别人的嫉妒心。年长后，我逐渐体会到人类许多的不幸都源自于这种心态，人类文明因此无法获致应有的进步。

在20世纪末，我曾担任李登辉夫人到中东的随行翻译，当时的我离开校园不久，对人只有好奇和信任。行程中有一场正式演说，演说前一晚，我很纳闷为何幕僚群没有提供演讲稿给我，于是鼓足勇气向幕僚索取，当晚翻译完后便安心地睡了。没料到，隔天早上夫人演讲时，我发现夫人手边的中文稿与我拿到的完全不同，当时受到的惊吓比临场同步翻译更剧烈。如此重要的演说怎可能在一夕之间变更而未通知？由此我了解到，这不过是对初出茅庐者的嫉妒罢了。

往后的20年，我对“嫉妒心”不断有更深层的感受，它足以混淆是非和黑白，让真理无法彰显，也让人与人之间渐渐疏离并充满虚伪。阿拉伯人最不齿的是虚伪，《古兰经》对伪君子的斥责比比皆是，斥责虚伪者最经典的经文是：“他们遇见信士就说：‘我们已经信道了。’他们回去见了自己的恶魔就说：‘我们确实是你们的同党，我们不过是愚弄他们罢了。’”（2:14）

除了整部《古兰经》处处可见对于这种虚伪者的描述之外，更有一章称之为《伪信者》，阿拉伯人对于“虚伪”的体验可见一斑。然而，人类的智慧再高，无论身处何种时空，终究无法隐藏他们内心所思所想。

“嫉妒眼”的典故可溯源于古老的西亚、东非、西非，甚至于希腊、罗马等欧洲民族，许多古典文献里也曾谈及这一主题。尤其地中海周边的古民族，都相信眼睛有莫大的力量，别人赞赏的眼神深处往往隐藏着嫉妒，具有某种杀伤力。倘若是憎恨或恶意的眼神，轻则会招来祸害，重则因此丧命。某些人具有以眼神伤人的能力，因此在中东地区的民间习俗便普遍悬挂或佩戴“嫉妒眼”，反射邪恶的眼睛，使自己或亲人不受伤害。

他们认为伤人的眼神往往出自蓝色或绿色眼睛，因此用来避邪的眼睛通常是由深浅不同的蓝色所组成。阿拉伯语“蓝色”的词根意义是失败、厌恶等负面意义。魔鬼的眼睛是蓝色；“蓝色敌人”指最危险的敌人；“蓝色的死亡”指的是最痛楚的死。不过随着外族文化的融合，蓝色的负面意义已经逐渐淡化。

阿拉伯人家里几乎到处可见“避邪眼”。他们通常会为初生的婴儿及孩童佩戴避邪物，以避开嫉妒眼神，因为来探视的人会情不自禁盯着孩子赞美。许多人甚至将家中男孩打扮成女孩，以避开眼神的诅咒。有“诗王”之称的现代诗人萧纪（Aḥmad Shawqī）在开罗的纪念馆里，便悬挂着他孩童时期穿着女装的照片，不明就里的外国人往往摸不着头绪。

“嫉妒眼”的观念发展出许多不同形态的避邪物，譬如避邪石，有些可以抓住感情，使得佩戴者心生爱恋；有些可以增进健康、驱除疾病。避邪石的功效非常专精，包含打开尿道的、增加牲畜奶水量的、止血的、治疗眼疾的、治疗心脏的、躲避蝎子的、救命的等。这些避邪物会挂在脖子上、戴在指头上或挂在车子里以保平安。女人特别相信蓝石及手掌抵挡他人嫉妒心的效力。她们会悬挂手掌形状的物品，遇到有嫉妒心的人，便会示出手掌，甚至于口里念一些与手指头数目“五”有关的句子，譬如“他体重五公斤”“今天是星期四（在阿拉伯语里是“五”的派生词）”等；也有源自国外借以躲开别人嫉妒的习惯，譬如抓住木头等。

咒语威力不可小觑

每个长假我都会住在一位很要好的约旦朋友家，她共有七位姊妹，大姐年纪已四五十岁，所有的姊妹都轻声细语，并受过高等教育，但都未出嫁。对于阿拉伯家庭而言，这无疑是最大的悲哀，我始终感觉愁云惨雾笼罩着他们整个家庭。住久了以后，我终于了解了其中秘密：原来是阿姨爱上她们的爸爸，因此对她们下咒，最让我震惊的是，下咒方式和台湾民俗非常相近，就是取她们身上的毛发与沾血的卫生棉埋在死人坟中。她们认为这是她们嫁不出去的原因。

我这位朋友颇具姿色，曾有人来向她父亲提亲，但她订婚不到年，未婚夫便车祸身亡。这种类似小说情节，似真似梦的现实，常让我感觉虚幻和迷惘，仿如身处前世或远古时代。

任教职后，我曾到摩洛哥首都拉巴特执行一项语言研究计划，当时住在穆罕默德五世大学为我安排的住所。有一天我启程到菲斯古城去，临行前到附近小餐厅点了一盘沙拉，老板给我的青菜叶子已经泛黄，我请他更换，他认为那是非常新鲜的蔬菜而不愿意换，我非常不悦，便立即起身付钱。当时老板用他蓝色的眼睛直视着我，令我不寒而栗，赶紧离开。

出了餐厅我便感觉浑身不适，回到住处开始发烧，阿文系教授请了医师来诊察，查不出原因，就让我一直吃抗生素。我在床上足足躺了十天，才能下床。北非有许多下蛊的传说，尽管我想将此事视为巧合，但从此再也不敢直视蓝色的眼神。

由于阿拉伯人有悠久的历史与文明，他们的传统习俗常因地区、国家而有所不同，许多习俗也自古流传至今。尽管伊斯兰教禁止信徒迷信，一般民间仍充满许多的传统信念。举例来说，许多穆斯林家庭都在客厅悬挂《黄牛章》（《古兰经》第二章）的二五五节，称之为《库尔西》。其全文是："真主，除他外绝无应受崇拜的；他是永生不灭的，是维护万物的；瞌睡不能侵犯他，睡眠不能克服他；天地万物都是他的；不经他的许可，谁能在他那里替人说情呢？他知道他们面前的事，和他们身后的事；除他所启示的外，他们绝不能窥测他的玄妙；他的知觉，包罗天地。天地的维持，不能使他疲倦。他确是至尊的，确是至大的。"

有一则圣训提及若在家中朗诵此节经文，魔鬼会被驱除，因此穆斯林人人都会背诵。他们认为安拉的名字共有99个，包含"至大的""至尊的""至仁的""至慈的""至恕的""至忍的"等。这数字"99"也已经烙印在我们的手掌心，左手写的是阿拉伯数字"81"，右手写"18"，共"99"[1]。"8"的写法是倒"V"字，"1"的写法是稍微向右下方倾斜，如果你将双掌打开，便会发现这个秘密。除了家庭外，许多

[1]阿拉伯人用的数字是"东阿拉伯数字"，来自印度。

机构内部也会悬挂这节古兰经，他们深信它的尊贵，足以避邪驱鬼。

吉与凶的参考

古阿拉伯人相信日子有吉凶之分，每个星期三对他们而言都是不吉利的日子；阴历二月是凶月，诸事不宜，尤其不宜远行、签约、订婚等，谁若在二月结婚会断后嗣。两个伊斯兰节日之间及阴历十月亦不宜结婚，但穆罕默德迎娶他最钟爱的妻子艾伊夏便是在阴历十月，借以破除迷信。蒙昧时期伊拉克地区门居尔国王设定一年有两天特别日子，即所谓“喜日”与“忧日”，在喜日碰到他的第一个人，他会赏赐100头骆驼，在忧日碰到他的第一个人会被杀。悬诗诗人艾比德（'Abīd bn al-Abraṣ）便因此被杀。

阿拉伯人的迷信几乎遍及生活各层面，譬如碰到独眼、跛脚的人便是不吉利；碰到学生去找老师是凶，回来是吉；碰到骆驼负重是凶，卸下重物是吉；看到猫头鹰或听到它的声音是凶。《古兰经》还记载埃及法老王和埃及人认定摩西是不吉祥的人：“当幸福降临他们的时候，他们说：‘这是我们所应得的。’当灾难降临他们的时候，他们则归咎于摩西及其教徒们的不祥。真的，他们的厄运是在真主那里注定的，只是他们大半不知道罢了！”（7:131）

如今在巴勒斯坦婚礼结束时，宾客会撒米在新娘和新郎身上，表示祝福他们百年好合、多子多孙。同样的习俗也用在“圣战士”的葬礼上，表达他们的荣耀感。

iStock

摩洛哥人搬新家时，会倒牛奶、洒花水，或是在进屋之前宰牛，以求取幸运。大叙利亚地区的阿拉伯人搬家则会带着绿色植物、剪刀和《古兰经》，踏进屋子时须用右脚踏第一步。沙漠生活的经验让阿拉伯人视绿色为生命与发展的象征。穆罕默德生前最爱绿色，清真寺的门也是漆成绿色。

我有一位巴勒斯坦裔的美国教授朋友，旅居美国20余年，如果在晚上见到我的剪刀打开，便会立即帮我把它合起来，因为晚上让剪刀打开会招来厄运。他们对数字“13”、室内开伞、破镜等都很忌讳。有些阿拉伯海湾国家的人把一般人所谓的“梦魇”，解释为栖息在人类心中的精灵，在人仰卧而眠时，尝试掐他的脖子。若在夜晚听到狗叫，埃及人认为是死神来接灵魂，会有人死亡，因此他们会立即驱走那只狗。他们若看到有鞋底朝上，会主动将它翻回来，因为鞋子上方必须要朝向天空。如果食物卡在喉咙，他们认为是亲人将有难，可能忍受着饥饿或不吉利的事情会发生。女人认为眼皮跳动是凶兆或亲爱的人返乡。

面相露玄机

中古时期阿拉伯人便开始研究命相，他们的面相学溯源于远东地区，从一个人的外貌，尤其是面相，便能知道他的出身、所属部落、个性、品德等细节。譬如额头宽又大表示此人愚蠢。眉毛离眼睛很近表示此人善妒。眼睛小表示内心黑暗。耳上有毛表示听力好。最初他们是以医学为基础，从一个人的生理和心理疾病，去观察疾病所反映的行为与气色。譬如肾脏疾病会影响人眼睛下方的状况，因为饮料摄取过度所引起的肾脏肿胀，会直接影响眼袋出现；眼睛下方呈现黑色可能代表肾脏硬化。以此类推，身体各器官都会在外表透露其健康状况。阿拉伯医学早在中世纪便很发达，譬如伊本·西纳（Ibn Sīnā）的《医典》（*Al-Qānūn fī aṭ-Ṭibb*）与“现代外科医学之父”萨合剌维（az-Zahrāwī）的发明与技术，都是欧洲医学的根源。

他们也会从一个人的姿态了解他的心性：快乐的人脚步轻快；失败的人脚步缓慢、沉重。走路时低头看地上、陷入沉思的人，表示他想厘清思路。动作迟缓，低着头的人前途坎坷。站姿直挺的人有自信；站姿畏缩的人忧郁。言谈间闭着眼睛的人，表示他试图要集中注意力，记忆某事；说话时眼睛不停转动的人表示他想逃避，思考如何找到规避之法。目光闪躲、不正视人的人，通常是代表害羞、嫉妒或狡诈。与人谈话时靠墙或靠柱子站着，表示诚恳或充分理解事情。喜欢把手放在口袋里的人，表示他性格阴沉不明。内心不安的人会常洗手或清洗没有弄脏的衣服。

尽管阿拉伯人如同任何一个古老民族一样，持续拥抱传统信念，但许多生活在这个世界里的外国人，都认为他们是最不迷信的民族。尽管熟悉他们的禁忌，根据我的经验，在阿拉伯世界从未感觉到对鬼或幽魂等的恐惧，我甚至认为，倘若我死时不需要被放在殡仪馆火化，能有一场伊斯兰葬礼那该多好！

9 斋月考验

伊斯兰教规定穆斯林一生至少要到麦加朝圣一次，并鼓励有经济能力的人帮助穷人完成朝圣的义务。伊斯兰文化中有两个百姓庆祝的节日：开斋节（‘Td al-Fiṭr）和宰牲节（‘Td al-Aḍḥā）。为了配合伊斯兰历十二月八日到十二日的朝圣仪式，宰牲节定在十二月十日，在穆斯林做完朝圣仪式的“艾剌法伫立礼”之后开始。

穆斯林在宰牲节主要的庆祝活动是做节日礼拜、以同理心帮助穷人，同时与家人互访联系。伊斯兰文化对开斋节和宰牲节的庆祝，犹如华人过农历年一般。以我身为异教徒的观察，在伊斯兰念、礼、斋、课、朝五功中，对人性挑战最大的或许是斋戒。我看到许多虔诚的穆斯林尽管有心斋戒，但由于气候和健康的因素，让他们不得已偶尔无法履行。其实在阿拉伯世界生活久了，会对这些情况赋予高度体谅与敬佩。

开斋节是伊斯兰历的十月一日，紧接在九月的斋戒之后。斋月

（Ramaḍān）是伊斯兰神圣的月份，《古兰经》中记载安拉在伊斯兰历斋月（九月）二十七日晚上降下《古兰经》前五节，其内容为："你应该奉你的造物主之名宣读，他用血块创造人类。你要宣读，你的主是最尊贵的，他教导人类用笔写字，教导人类知道自己所不知道的。"（96:1-5）

开斋节与斋月种种

每年为期一个月的斋戒，是虔诚穆斯林非常期待的五功之一。有趣的是，斋月可能出现在不同季节，因为伊斯兰历是根据月亮盈亏计算的阴历，单月30天，双月29天，一年有354天，分12个月，与西历有11天的差异。

伊斯兰历第十二个月在闰年是30天，每30年中有11年是闰年。伊斯兰历元年一月一日相当于公元622年7月16日。我在阿拉伯国家居住的岁月，经历过炎夏的斋月，也经历过寒冬的斋月；经历过穷困的斋月，也经历过富足的斋月。斋月过后的开斋节以感谢、赞美安拉的礼拜活动为其核心活动，小孩们穿新衣，大人们会赏钱给他们，家族成员趁此机会彼此互访联络感情，还有履行宗教义务，赈济穷人。

每逢开斋节，我家门口总会有许多讨赈济的孩子。有一年的开斋节，安曼气候严寒，门口来了一对赤着脚、光着下半身，三四岁大的小兄妹。任何人见到这种景象一定心生不忍。我把他们抱进家里，找了小孩的冬衣为他们穿上，煮了热腾腾的食物给他们吃，并为他们准备食物和衣服，让他们带回家。他们开开心心地走了。一小时后，我门口来了一群孩子，每个孩子都光着下半身，赤着脚……

斋月期间，穆斯林从黎明到黄昏不得吃、喝、抽烟、行房事、心存恶念等，其目的在训练自我克制能力，重视精神世界。女子逢月事或因生产流血期间，不得斋戒，须于事后补斋。此外，有些行为也是斋月不宜做的，譬如嚼食口香糖、聚口水在口中而后吞下或品尝饮食而后吐出、与人交恶、背后论人短、有欲望地碰触配偶等，有些穆斯林甚至认为吞口水都违反教义。许多细节的实践会因教派的不同而有差异，但其背后的精神是在净化心灵，培养富人对穷人无法果腹的怜悯心和同理心，可以视为伊斯兰“平等观”的另一种呈现方式。

通常阿拉伯人在斋月的作息时间会调整，譬如将上班时间延后。有些国家虽不改变上班时间，但这一个月内很少有人会积极处理事务，一般人会拖延或根本不办；如果有急事，大家都会赶在斋月降临之前完成。许多阿拉伯人会将年休假日集中在此时，全家出外旅行，因为根据规定旅行时可以免斋戒，返乡后再补斋便可。斋月期间，穆斯林的主要活动都延后到晚上，吃完黄昏礼拜后的第一餐饭才开始。斋戒是一种必须靠意志力才能坚持的事，对于异教徒而言这个月最难熬，尤其是夏天的斋月，白天餐厅完全不营业，在外面连水都无法喝。倘若你到商店买食物，会有人盯着你的一举一动，最好的方式是避免任何购买行为，以免有瓜田李下之嫌。若放肆地当众饮食，那么你得靠运气，因为无法预料是否有人会对你丢石头，或遭受更激烈的攻击。

异教徒的斋月考验

我在住宿期间，每逢斋月诸多不便，阿拉伯朋友对我的冷淡尤其明显。舍监的两个女儿也住宿，她们的寝室就在我房间附近，她们如影随形跟着我，仿如电影里的秘密警察。阿文系学生只有我一位异教徒，平时大家亲如姊妹，一起吃饭、念书。斋月期间大家没吃没喝，理论上应该更能体谅彼此，然而此时她们的宗教属性完全显露，我会感受到她们的宗教歧视。

不记得是哪一年，我觉得最聪明的办法便是跟着同学一起斋戒。那年的斋月是在炎热的夏天，虽然成功做完一个月的斋戒，但感觉苦不堪言，我了解那是心中是否有信仰来支撑的问题。

我的一门必修课是“古兰经文研究”，教《古兰经》的老师是埃及艾资哈尔大学的法学博士，他满脸胡须，非常执着于宗教。倘若你看到一位穆斯林满脸胡须，八九不离十他会是一位对宗教热衷的人，甚或是宗教人士。他见面时不会跟女性握手，跟女性说话时不会直视她。为了避免双方尴尬，女性在他面前的举止与穿着必须端庄，不可轻浮。

这位老师的教学方法非常传统，每次口试都规定背诵四五章《古兰经》经文，其中有一章会是长章，叫学生个别到他的研究室背诵。口试时他随意从某一节起头，然后要求你接下去，直到他喊卡为止；背诵时必须运用朗诵《古兰经》的音韵学，一旦有错，他会要求你下次再重来。我最怕这门课，平时交报告或笔试都觉得游刃有余，但口试时感觉他非常严肃，好似在告诉我：“异教徒，你省省吧！”

该年斋月正值这门课口试最频繁的时刻，或许是老师刻意安排在此时进行密集口试，以测试学生的宗教忠诚度。我每天必须抱着《古兰经》苦背，有一天舍监看到我在交谊室背诵《古兰经》，她无厘头地抢走了我的《古兰经》，面露极端不屑。她当时是根据一则圣训："只有纯净的人能碰触《古兰经》。"（许多宗教法学者因此认为异教徒不得碰触《古兰经》）我很生气地请她还我书，女孩们也都围过来，七嘴八舌表达她们的看法。尽管我的朋友都认为舍监不对，但她并没有还我书，并扬言要把此事向学校举报，有事她愿意负责。

此时，我强烈地感受到宗教歧视，但我也相信，任何教条绝对会因人的诠释而异，因为我读过的许多《古兰经》注释便是如此。即使不牵涉到教派，相同教派对《古兰经》经文的诠释便有不同，更何况是不同教派。然而尊重穆斯林是我在阿拉伯世界生活养成的最基本原则，他们的善良在我心底绝不会因为少数人的行为而被磨灭。

"宗教宽容"真义

这个月我的生活受到很大挑战，因此我每天到学校最南端的"英语村"读《古兰经》。"英语村"是英语系的地盘，那里的教授绝大多数是西方人，尤其是美国人。他们自成一个独特社区，气氛与整个学校完全不同。

在台湾，小时候我家隔壁邻居便是美国人，他们常常拿奶粉、巧克力送我们兄弟姊妹，有时候还会邀请我们去教堂听讲道。对美国人我有一些情结，他们虽然友善，但会给我莫名的压力，他们的身高让我感觉自己特别矮小。他们很多人都在离我们家不远的台南机场上班，当时那个机场不是用来载运百姓，而是父母亲叫我们要远离的地方。若无必要，我通常远远看到他们，就立即闪躲。

在英语村没人会干涉我做什么，偶尔有一些英语系的阿拉伯学生会来和我搭讪，但是他们相对尊重我，好像我读《古兰经》是天经地义的事，让我感觉很安全。我知道那只是一个念头问题，他们愿意接纳，我的行为便是正当的，否则便是魔鬼的行为。多少人世的问题不过是一个“宽容”与“不宽容”的对抗罢了。我面对的现实问题便是：我要好好修完这门课。

“闪躲”让我平安熬到学期末。这位教授在学期最后一堂课时对学生训话，他说同学中有异教徒是他们的福气，能让大家了解《古兰经》里“宗教没有强迫”的真谛。“求知”是穆罕默德经常的训诲，圣训提道：“谁若走求知之路，安拉便引导他走向天堂之路。”

他还提道：“自古阿拉伯人便说，‘即使远在中国也要求知’，如今有华人不远千里而来求知，却有同学狭隘地误解先知的精神，让阿拉伯人蒙羞……”这位教授把我的报告念给同学听，下面鸦雀无声好一会儿，紧接着我听到同学们的鼓掌声。往后我经常碰到诸如此类的“薛可”（shaykh）[1]，他们严肃的面孔底下，其实是一颗高尚宽容的心。

[1]熟背古兰经的人或宗教长老都可称为“薛可”。

⑩ 橄榄树与爱情

中东是橄榄树的故乡，其种植历史至少可追溯到五六千年前。今日世人都以鸽子衔着橄榄树枝的图案表示“意欲和平”，联合国的旗帜便是用橄榄树枝围绕在图案边缘，象征世界和平；阿拉伯联盟的旗帜也是以两枝橄榄树枝作为边框。《古兰经》及圣训里也都提到橄榄树是圣树。

在约旦任何地方你都能看到橄榄树，它也是约旦的国树。只要在约旦居住几年，橄榄树会很自然地融进你的记忆里，就好像杰拉什古城、月亮谷（Wādī ar-Ramm）或玫瑰城佩特拉（al-Batrā'）一样鲜明。

亚尔穆克大学校园里有一大片橄榄树园，就坐落在女生宿舍的正前方，从我的寝室窗户便可一览无余。约旦绿树甚少，我常从窗户望着它发呆，仿如在台南女中看着窗外凤凰树的感觉，这里的橄榄树就是我思乡情愫的元素。我常看到工人在橄榄树下采集橄榄，装进麻袋里，一包一包扛走；有时候会有村妇在橄榄树下用玻璃瓶装橄榄，我猜想她们应该是在腌制橄榄。

无理而落后的“羞耻罪”

有一次一位很要好的朋友邀请我到她家做客，她家就在伊尔比德城，距离学校大门只要一刻钟脚程。她的房间里有一张乌黑长发漂亮女孩的照片，我为这女孩的艳丽惊呼，问我的朋友她是谁，她告诉我是刚过世一年的妹妹。我心里充满疑问，但不好启口。她不避讳地说妹妹是被爸爸用猎枪杀死的。爸爸因为“羞耻罪”被判两年缓刑。那是我第一次听到“羞耻罪”这个名词。

尽管经常被诟病，但在许多阿拉伯国家法律中还是存在着“羞耻罪”。这是一种传统部落对女性贞节或名声的过度苛求。家庭女性成员或部落妇女，若在行为上污辱了家族名声，譬如嫁给异教徒或未婚怀孕等，家庭男性成员便可挺身而出，惩罚这位破坏部落与家庭声誉的妇女。这些维护家族荣誉的男性成员，在“羞耻罪”的保护之下，通常会被轻判或甚至无罪释放。

原本这种被世人诟病的传统渐渐要被摒弃了，但让人颇为意外的是，近年来它更兴盛了。所谓的“进步”，在阿拉伯世界的解读，显然与世人的认知是不一样的。

她的妹妹生前在我们学校念书，系上有位男同学经常和她在校园内走在一起，两人有时也会一同坐在女生宿舍前的橄榄树园里。嫉妒者把这消息传给她爸爸知道，保守的父亲感到家族声誉受辱，因而羞愤杀死

摄影 / 傅怡萱

亲生女儿。这女孩和她男友唯一单独坐在一起的地方是学校里的橄榄树园，即使是在空旷橄榄园中的独处，她爸爸一样难以释怀。

《古兰经》里对橄榄树有很透彻的描述："真主是天地的光，他的光像灯座，那灯座里有一盏灯，那盏灯在一个玻璃罩里，那个玻璃罩仿佛一颗灿烂的星辰，用吉祥的橄榄油燃着；它不是东方的，也不是西方的，它的油，即使没有点火也发光，光上加光，真主引导他所意欲者走向他的光明。真主为众人设了许多比喻，真主是通知万事的。"（24:35）换言之，若要生产上等的橄榄，它一定"不是东方的，也不是西方的"。亦即橄榄树的树与树之间有很宽的距离，早晨与下午的太阳照射下所形成的最长树影，都不至于遮盖其旁边的树。我们学校的橄榄树便是依据这个标准而种植，若有人坐在橄榄园里，路人可一眼望穿。

约旦报纸每年总会有文章讨论"羞耻罪"的问题，并实地采访一些发生事故的家庭。我记得曾经看过一篇报道，一位未婚女孩被哥哥性侵，因此而怀孕，哥哥居然名正言顺指控妹妹不守贞洁有辱家族声誉，而杀死妹妹。尽管这种事是极少数，但诚如阿拉伯谚语所说"少恶都嫌多"，几乎让人感觉要窒息。

两性相处兼顾爱与尊严

某天我坐计程车路过闹区时，前面一辆快速行驶而过的黑色宾士车，突然在马路中央停下来。我坐的车尾随在后也立即紧急刹车，只见宾士车司机把一个女人丢出车外，她只穿一件白色丝质的连身内衣，裙长仅到膝盖。她被丢出来时大腿全露，我因此看到惊人的一幕，至今无法忘怀：她的大腿靠近臀部的地方有一处很大的伤口，明显是被利刃硬挖出一个深及骨头的大洞，伤口虽然还在流血，但血量不多，显然已经过一段时间了。当时这女人处在昏迷的状态，计程车司机则载我迅速离开现场；没有人会愿意插手这类事情，这女人的命运留下许多疑问。在这封闭的社会中，她的议题不会有太多人敢公然讨论，每个女人只要能处理自家的事，便是莫大的幸福。

女人要受保护几乎是所有阿拉伯人的观念。男性与阿拉伯人交往无需问候其家中女眷，尤其在沙特阿拉伯，有些家庭里的亲兄弟，也可能从未见过对方太太的脸。有一位在台湾工作的阿拉伯朋友，带着家眷参加工作机构的晚宴，主管礼遇这位阿拉伯朋友，请他坐在主桌，并安排他的家眷与其他男性同桌。他非常生气，坚决要与家人同坐，当场气氛很僵，因为主桌位置不够，若安排朋友坐其他桌，又失去礼遇的美意。

大家不明了，为何平日非常随和的人，此时竟变得不可理喻？殊不知他们已犯了大忌，此事一旦传到阿拉伯人圈中，大家会认为这位朋友纵容此事发生，有损他的颜面，更损女眷的名声。男人保护家中女眷是基本德行，女人的声誉是家族的生命。当然这些忧虑也反映出阿拉伯社会中人际关系的紧密。

在阿拉伯社会里值得称颂的恋爱，都存在于夫妻关系中。夫妻相敬如宾几乎是达到美满婚姻的方式。在台湾有一对非常恩爱的阿拉伯夫妻朋友，他们在朋友面前不会隐藏彼此的恩爱之情。有一次他们请了我和几位阿拉伯女性朋友到家里吃晚餐，男主人把我们接到家中之后，便说有事要处理而离开。

我们吃了女主人最拿手的玛格露巴鸡肉饭、葡萄叶卷饭和烤羊肉串，她将“黑鸟”创立的正式餐桌礼仪理念，都实践在这一顿饭里。阿拉伯人在客人临别前都会奉上咖啡，喝咖啡之前，我们则欣赏女主人和来宾跳优美的东方舞，狂欢到深夜。后来我们下楼时，发现原来男主人枯坐在大厅里。我不禁责备自己的粗心，男主人生活在台湾，其实没有亲戚朋友家可去，只能在楼下干等。这是他们对妻子的体贴之道：把空间让给钟爱的妻子。

封闭社会没有自由恋爱

尽管阿拉伯社会没有给予男女自由恋爱的空间，实际上男女恋爱经常是一种不能说出来的秘密，存在每一个角落。我有一位多才多艺的优雅朋友，许多男生看到她都不禁回眸。她虽然主修阿拉伯语文，却同时精于绘画，曾经开过几次个人画展。我们两人形同姊妹，平时几乎形影不离。

后来她和一位来自海湾国家的男生培养出深厚情感。男生长得高挺，肤色偏黑，家世甚好，主修政治，立志当外交官。我们三人的情谊是建立在对理想的坚持、对生命的热爱和对人的关怀之上。我们谈文学、谈灵性，也谈国际形势，三人走在一起时虽然我都夹在中间，但我感受得到他俩之间的契合。

他毕业后的确如愿以偿，也曾请人到她家提亲，不过被她父亲断然

摄影／傅怡萱

拒绝，因为她的家族不喜欢海湾地区的阿拉伯人。我毕业后曾经回去探望她，她昔日自信的光芒消失殆尽，只有满脸无助与历经沧桑的憔悴。

后来她来信说，已经嫁到沙特阿拉伯，丈夫跟她一样是巴勒斯坦裔，是她父亲安排的婚姻。她说："我们生出来是为了成就父亲的愿望，我们是属于父亲的物品。"她不再画画，不再谈过去的梦。

我有一群朋友跟她一样，在脑海里编织她们青春的梦，并和朋友们分享，然而，这些期待与希望往往随着现实而破灭。每一个人的心里，剩下的似乎都是一连串的地点，空间的价值在记忆里远胜过时间。每个曾经落脚的地方，都烙下抹不掉的痕迹，无怪乎阿拉伯诗人自古至今在吟诗时，都免不了要悼念屋宇、忆旧人。譬如伊姆鲁俄·盖斯（Imru' al-Qays）在他的悬诗开场白中吟道：

你俩停下来，
让我们哭泣，
忆旧人，
念屋宇，
在西各图立瓦，
在达乎勒，
在豪马勒。
在土弟贺，
在米各剌，
痕迹都未毁，

只因南风、北风编织着。

……

朋友们为了我停下他们的母骆驼，

说道：

别伤心崩溃，

撑着点儿，

怎知疗我伤者，

竟是倾注的泪水。

在荒废的遗迹前，

会有哭号的人？

尽管我知道，这些事件仅是社会角落的不幸，类似状况也可能发生在任何社会中，但这些忧伤的点点滴滴，数十年来像扫描机一般，从亚尔穆克大学的大门，一直延伸到尽头的英语村，穿过阿拉伯语文学系、图书馆、清真寺、橄榄树园、女生宿舍……有时又飞越时空，穿过数道围墙，在乌来夏区或在纳舍里亚区的校园里……我飘浮在这些地方的上空，在乌云的一端。空间对我而言已经超越“有限”的概念，我将生命的旅程视为无限空间的组合，而不单纯只是时间的延续；每一个形体曾经存在的地点都升华成记忆，不仅随着时间延伸为无限，更烙印在永恒的灵性里。

⑪ 阿拉伯书房二三事

在亚尔穆克大学念书时，文学院就只有我一个非阿拉伯人，每天最苦恼的事便是吃饭。多数同学跟我一样，没有充裕的钱可以在外面餐厅吃饭。学校外面餐厅都很西化，虽然卖的是阿拉伯餐，却以西餐方式经营，还要给小费。老板似乎认为有些大学生的家境比较好，餐点价格定得也高。

阿拉伯女孩在外普遍都很矜持，给人感觉非常有教养，也很爱面子，只要进了餐厅，点餐不会小气，通常还会给小费。学校外的餐厅对阿拉伯女孩的习性了若指掌，因此更积极于装潢餐厅，为的是让有钱女孩愿意常常来光顾。平时我会买简单的食品回宿舍厨房煮，每个月可以省下很多钱来买书。长期下来，我好像得了所谓的“隐性饥饿”，因此每星期都在盼望到同学家做客——我好像变成一位利用阿拉伯人好客传统的白吃客。

艾菲弗教授

艾菲弗（'Afif 'Abd ar-Raḥmān）是约旦著名的古典文学教授兼亚尔穆克大学文学院院长，专长是蒙昧时期的诗。我和学长马穆德因为拿学校的奖学金，所以文学院要我们帮忙编辑蒙昧时期的辞典，这部辞典长久以来看到的进展，几乎都是我和学长做的。

艾菲弗老师把我们两人当他的小孩，教我们研究蒙昧诗的方法。蒙昧时代的诗都是口耳相传，一直到公元8世纪阿拔斯王朝时期才被记载下来，所以文献考证工作非常重要。有时候一天都无法解决一个字的问题，当然这也训练了我忍耐的功夫。

马穆德是来自加沙的巴勒斯坦难民，当时他年纪才三十出头，头发却白了三分之一。他永远面带笑容，但眉宇间却透露出深沉的忧郁，老是沉默寡言。我不知道他曾经历了什么苦难，不过从艾菲弗老师对他非常体贴来看，一定是有坎坷的身世。艾菲弗老师也是巴勒斯坦人，只不过是来自约旦河西岸，我当时感觉他们同是来自巴勒斯坦，但环境却是天壤之别。

艾菲弗老师以前在德国教过书，德文非常好，但他有很深的民族意识，不愿在西方长住。因为受过西方学术熏陶，他的思想比较西化，但个性却还是很“阿拉伯”，答应我们的事情经常拖延，不过他对我们生活上的照料却让人终生难忘。

我记得学校图书馆开到10点半，但女生宿舍9点就关门，回到寝室非常喧闹，几乎无法看书。为此我到学生事务处请求帮忙，让我可以待到图书馆关门，但他们提出的拒绝理由竟是担心我的人身安全。其实女生宿舍就在图书馆斜对面，夜晚街灯全开，宿舍女孩都到三更半夜才睡，基本上没问题。我跟艾菲弗老师提起此事，他跟我说图书馆重要的阿拉伯语文学书籍他家都有，要我以后到他家去念书；教授的家离阿拉伯语文学系教室很近，马穆德也是一下课就去他家念书。后来我才知道，马穆德每天到他家是去帮他做一些个人研究计划的事。

我非常开心能到教授家去念书，因为所有的书都唾手可得。我看到马穆德每天都在他家吃饭，想起小时候妈妈的学生也是每天在我们家吃饭，所以也心安理得地每天去吃饭。师母觉得我们都会帮忙洗碗，也很喜欢我们，从此以后我的隐性饥饿就解决了。

艾菲弗老师家里的藏书或许有数万册，每个房间包括客厅墙壁都是书柜，没有一面墙是空着的；书柜设计得跟天花板一样高，但有梯子可以爬上去取书。我和马穆德为了报答他的“养育”之恩，两人花了一整个暑假帮他的书做目录。后来很多受过艾菲弗老师恩惠的人也都自愿来帮忙。

书房就是艾菲弗老师家的客厅，中间是三张长桌，一人一张，在不同的角落，彼此相安无事。我们休息用的沙发则是客人的座椅，客人来了我们就继续看自己的书，习惯我们的客人也都不再好奇。他们都戏称我是艾菲弗教授从国外领养的女儿，马穆德则是他的长子，他的五个孩子跟我们也情同手足。在这书房里，我决定了日后要研究古典语文的志向。

艾菲弗教授已将他的全部书籍捐给学校，他已经双目昏昏，必须拄

着拐杖才能行走。在我与他最后一次的长途电话里，我甚至无法了解他的语音，师母告诉我这是每个人必经的历程，要我不必伤感。

查查教授

在沙特国王大学念博士班时，我的老师查查（Ḥasan Ẓāẓā）是一位著名的语言学家，同时也是一位考古学家，他精通七种语言，是阿拉伯世界稀有的古闪语和希伯来语专家。他有过目不忘的本领，学养广博而精深，因此被沙特阿拉伯人称为“百科全书”，犹如对中世纪大文豪贾希兹的尊称一般。

长年以来，《利雅得日报》每星期都刊登他的专栏《八宝囊》（*Al-Kashkūl*），这是经典阿拉伯语文的宝藏。当时他兼任“费瑟国王伊斯兰研究中心”的首席顾问，从沙特国王大学退休之后，该中心继续以专职聘请，直到他过世。查查教授原籍是库尔德裔的埃及人，在法国索邦大学拿到国家文学博士，娶了法国妻子。后来他因为留恋阿拉伯世界，只身到阿拉伯各国任教，足迹遍布埃及、摩洛哥、黎巴嫩、伊拉克、苏丹、沙特阿拉伯等地著名的大学，最后他落脚沙特国王大学12年，妻儿都留在法国。

他告诉我一些常人不知道的事：他曾娶过一位埃及妻子，离婚时太太将他多年潜心研究的大批书稿烧毁，犹如公元1258年蒙古人烧毁巴格达城的阿拉伯古籍一般。当时他心痛如绞，从此对著书立说不再有安全感，更急切地想培育下一代——教学可以让他成功地传播自己的学问。

查查教授将其一生奉献给学术，我们爱他如父，他称呼我们“我的儿子”“我的女儿”。每逢斋月，几乎每隔一日，在用过“伊弗拓尔”（al-ifṭār）[1]开斋餐之后，三两好友便相约拜访他。他的住处在利雅得市最古老的圆形大厦，每一层仅有一户人家，从他的住处可以鸟瞰利雅得全景。每每大厦电梯开门时，总是和脚上站的地面有约10厘米的差距，让访客心生畏惧；有时电梯会中途停下来，但它就像查查教授一样，虽然外表垂垂老矣，却总会引领你抵达更高的上方。他告诉我们这是他寻找很久的住处，我知道他看不上舒适方便的宿舍，他的视野永远在遥远的彼方。

查查教授的客厅和建筑物一样呈圆形，墙壁都堆满了书，他的书多数是从地板往上堆，很多都已经倾倒，偌大的客厅仿佛是台湾早年的牯岭街旧书摊。我们都没有帮他整理。我相信同学们跟我一样，看到查查老师的书如此躺着，都会感到莫名安心，因为中世纪大文豪贾希兹的死，在我们心中都留下一抹遗憾。贾希兹晚年瘫痪，却仍改不了习惯，每天要阅读一两本书，他因此被书架压死，毫无自救能力。查查教授教我时腰椎已经挺不起来，上半身呈45度角，看人都得从眼镜上方仰望。他的行动非常迟缓，我屡次看到他都会警惕自己，书再怎么迷人，读书人都得克制自己的欲望，以免后悔莫及。

一壶阿拉伯咖啡、一盘麦地那椰枣，我们盘坐在地，聆听他说古道今，犹如清真寺里的一堂讲课（al-ḥalqah），不到半夜我们不会离开。他

[1]斋月时黄昏礼拜宣礼声后穆斯林吃一天的第一餐，称之为“伊弗拓尔”。

数年的引导与耳提面命，塑造我生命的价值观，甚至于改变我的生活习惯。譬如至今我还执行他“不要依赖记事本”的劝言，因为它是记忆杀手。尽管我曾因此延误过几次重要的事，但我的记忆力增强许多。

根据他前往也门地区考古的经验，他估计不久的将来会有遗迹证明阿拉伯文明超过七千年的历史，虽然至今尚未得到证实，但我非常信任他的判断。1999年，他在过世前两天打电话到台湾，告诉我他正要去开刀，他说：“等我出院会去台湾。我走遍全世界，却没去过这个美丽的岛屿。”最后，他没有走出医院便与世长辞，享年80岁。

后来，费瑟国王伊斯兰研究中心打电话告诉我，他留下遗言，有些物品要交给我，我悲伤得犹如失怙，只怕触物生悲，因此没有告诉他们我的联络地址。往后这种失去良师的锥心之痛我又经历了几次，每次我都感觉生命的“美”逐渐离我远去。苟活于世的我，是否将渐渐走向丑陋？

12 利雅得夏天

初至沙特阿拉伯，我非常不习惯他们保守的穿着。在约旦居住期间，城市男女的穿着基本上都已经半西化，譬如男人可能身上穿着西装打领带，头上戴着黑白或红白格子相间的头巾及头箍；女人则可能穿洋装、戴头巾，放眼望去，整体是有色彩的。在沙特阿拉伯，男人夏天穿白色，冬天披黑色或栗色外袍；女人终年都是穿黑色外袍“阿巴雅”（‘abā’ah），除了外国人的脸是外露的，当地女人几乎都蒙面，看上去是黑白的世界，即使在外面碰到同学，也非常难辨识出来。在沙特阿拉伯居住了七年，后面几年我才学会从举止动作辨识出蒙面的同学是哪一位。

黑色阿巴雅的质料与款式很多，根据伊斯兰教义，女人可以穿着丝质衣服，因此即使是炎热的利雅得夏天，身体也不致感觉太难受。四年前我重返沙特阿拉伯，阿巴雅的款式结合了时尚与传统，令人惊艳。尤其设计得有腰身，也有袖子，领口和袖子有许多变化和装饰，有些甚至还镶钻，看起来无比贵气，也让女人活动时方便许多。对此，除了肯定万事都不能抛弃传统，才能达致完美的感慨之外，心想设计中一定有女人的参与，深知女性的心声。

许多外人不明白，为何男女的外袍都是黑色？其实在阿拉伯文化里，黑色象征权力、地位和领袖；阿拉伯语“双黑”一词指的是椰枣和水，或是蛇和蝎子，是活力及权力的象征。在阿拉伯人的审美观里，乌黑的头发、大眼或胡子，都是令人钦羡的外表。但黑色在宗教上也可以表示黑暗、迷途、恐惧等负面意义，随着外族文明的影响，负面意义渐渐增加，譬如说一个人“黑心肠”，指的是邪恶的人。

欲望是一切动力

海湾国家的经济能力因为石油买卖的高利润而相对雄厚，经济能力小康的百姓，都全心建造舒适和豪华的住屋，因为家是女人与小孩的生活天地。他们的住家就如同一个小社区，有孩子的游乐场、室内游泳池、运动设施、咖啡室等。由于多子嗣的传统观念，房子除了要有很多卧房之外，客厅亦不止一间，有些住家同时有西式客厅和阿拉伯式客厅。男性客厅与女性客厅各有其入口，女性客厅入口处设有穿衣间，方便女性进门之前脱下阿巴雅和头巾，出门之前再穿上。

客厅和浴室的摆设很“贵气”，我试着为他们的住家摆设建立通则：透明物多半是水晶，黄色的金属是黄金，白色的便是银，摆在地上和挂在墙上的织品是丝，石材是大理石。干燥气候让美轮美奂的饰品和器皿容易维持，但木质家具则需要做干燥处理以防龟裂。

摄影 / 傅怡萱

在沙特阿拉伯人家里做客，总有一种难以形容的不自在与压力，现在回想，那应该是一种人性对物质的欲望。欲望让人羡慕、嫉妒，或自卑、自怜，金银财宝是欲望，名声和地位更是。我在进入学术圈后，发觉知识也是一种强烈的欲望，教师运用它可以吸引且改变许多学子的未来，然而它却是刀的两刃，可能造成的伤害不亚于金银财宝或声名地位。

沙特阿拉伯治安非常好，出门不需要担心门户安全，因为偷窃必须忍受砍手的耻辱。砍手刑罚随着时代进步了，不会割断筋骨，让罪犯可以到医院缝合，但留下的伤痕便是他终身的烙印。

讲求人道的国家认为这种刑罚太过残忍，我想这些“不忍”的想法，未尝不是来自于理解“偷”在某种程度上是人性，它存在于每个人的意识里。人们偷创意、偷感情、偷钱财、偷选票……甚至于偷性命，“偷”几乎是万恶之源。然而众生都是形式主义者，看得到的才是罪恶，看不到的便被认可，甚至于摇身一变成为“善”。但不可否认的是，严刑峻法之下，好人是受保护的。

珍贵的水资源

炎热是我居住在利雅得时最大的不适应。当地友人曾告诉我一则沙特阿拉伯人自嘲的笑话，我想那多半是指酷热难耐的夏天：一群人死后到地狱去，由于现代人作恶多端，地狱也人满为患，电话亭因此不敷使用，排队打电话也要限制时间。但电话账单却分人种，价格差异甚大。在人间总是占尽优势的美国人及永远跟随他的英国人，终于说服世界各国人去向典狱长抗议，为何打电话时间如此短，账单却是天价？典狱长悠悠地说："这是公定价，没有错。"唯有沙特阿拉伯人默默站在一旁，这群人索性坦率地问："为何沙特阿拉伯人的账单如此便宜？"典狱长说："喔！因为他们打的是国内电话。"

记得我在利雅得的住屋有三层楼，院子里有两株茉莉花、三棵玫瑰树、一棵芭乐树和一棵不知名的大树。跟当地人相比，我家室内虽乏善可陈，却有让我至今难忘的二楼大书房，房间呈扁长形，偌大的落地窗面对花园。一般独栋房子很少设计落地窗，因为人们重视隐私。在这房子住久了，我发觉屋主的心思并非不重视隐私，而是巧妙运用院子里的假山瀑布和大树当作遮蔽物，住在屋子里的人天天得以心旷神怡。

沙特阿拉伯人很喜欢吃芭乐，可能是因为产量比较少的缘故。院子里的芭乐不结果实，有一天我钉了一根铁钉在树干上，隔年就结了许多土芭乐。芭乐树旁边的玫瑰树几乎看不到绿叶，粉红色的花覆盖整棵树，每朵花都几乎比我的脸还大。为了照顾院子里的茉莉花和玫瑰树，我还每天勤奋地浇两次水。

浇花时要谨慎，过多的水若流到外面路上，警察会找上门来。水在沙特阿拉伯比石油珍贵，因为淡化海水的成本很高，但沙特阿拉伯政府并没有将成本加诸百姓身上，水费仍然非常低廉。尽管百姓经常做不到节约用水，但阿拉伯人都明了水的价值，因为《古兰经》里便有以下经文："我借由水创造所有生命。"（21:30）圣训也说："即使在河里也不要过度用水。"

今日世界最大的石油输出国沙特阿拉伯，每人每天用水量在200到

摄影 / 傅怡萱

300升之间，科威特每人每天约500升（世界每人平均用水量约100到150升）。最特别的是他们挑战大自然，利用昂贵的淡化海水来种植小麦或从事耕种，沙特阿拉伯的小麦产量因此曾一度占世界第二位。但或许不惜成本的是他们对未来的展望：用油来培养更昂贵的人文价值。

能源消耗寻求平衡

沙特阿拉伯的油价是世界第三低，仅次于委内瑞拉和伊朗，2012年还是世界用油量最多的国家，每人每年消费1000升，是世界平均值的四倍以上。当地民众不骑脚踏车、不走路，甚少人搭公车，他们喜欢开快车、开大型豪华汽车，这些日常生活习惯都增长了耗油量。

早年我们经常在加油站看到油箱注满后的油流到地上，却没有人干涉，商业广告亦常用汽油作为回馈客户的方式，譬如买一盒巧克力送1升汽油，消费500沙币，赠送40升汽油等，这是另类的现代阿拉伯式贸易形态。

当地的个人用电量也超过欧洲与美国，百分之七十用在使用冷气上。由于一般人习惯在晚上10点以后才睡，多数人喜好熬夜聊天，住家不分日夜，户外灯火通明的习惯至今依然。以目前消耗量激增的比率推算，2038年沙特阿拉伯可能就会成为石油进口国。

其他海湾国家也大同小异，譬如科威特全国用电量增长率每年约百分之五点三。为此，沙特阿拉伯将于2020年兴建第一座核能发电厂，解决夏天供电量不足及淡化海水所需的电力问题。其他阿拉伯国家也会陆

续跟进，预计约旦在2020年、阿联酋在2017年建核能发电厂。埃及是阿拉伯国家中最早拥有核能发电厂的国家，1998年便开始运作。

此外，今日阿拉伯海湾合作理事国（GCC）开始使用太阳能光伏发电代替石油发电。阿布达比西部沙漠也设立太阳能发电厂，生产电力约100兆瓦，可以供应2万户住家用电，每年减少17.5万吨碳排放量，这是中东地区规模最大、技术最先进的太阳能发电厂。

许多科学家更致力于发掘沙漠的价值运用，他们认为世界最大的砂质沙漠，即沙特阿拉伯鲁卜厄·卡立沙漠，面积约64万平方公里，其阳光可供应两个地球的用电需求，其绿能产业前景无量。其他阿拉伯国家如埃及、叙利亚、摩洛哥、巴勒斯坦、约旦、黎巴嫩也使用太阳能发电，但其用途仅限于家用或商业用途，尤其使用在热水器上。

沙特阿拉伯西部有许多城市气候宜人，有些地方甚至拥有像欧洲一样的气候。许多人因此不明了，为何沙特家族王室要把首都建在炎热难耐的纳季德（俗称内志）沙漠中？其实这是因为沙特家族的故乡在利雅得，他们为了繁荣家乡，还在故居迪尔邑亚（ad-Dirʻīyah）附近建设沙特国王大学。2018年利雅得地铁即将启用，包含6线，85个地铁站，贯穿整个利雅得市，利雅得地铁站是刚过世的伊拉克裔设计大师札哈·哈蒂（Zahā Ḥadīd）的另一个伟大作品。沙特家族积极发展故乡的决心处处可见。

⑬ 面纱下的女权

阿拉伯女权运动自公元19世纪以来从未停止过。著名的女权运动者如艾敏（Qāsim Amīn），主张女子教育是社会万事之源，因为唯有女性可孕育男女。他呼吁解放穆斯林妇女，在1899年出版著名的《女性解放》《新女性》等书。

20世纪初，夏厄剌维（Huda Sha'rāwī）领导女权运动，1921年她公开掀开头巾，踩在脚底，轰动一时。1927年，夏厄剌维在埃及成立“埃及女性联盟”，接着成立“阿拉伯女性联盟”，并创办刊物，1944年成立“阿拉伯女性大会”。20世纪中叶，“尼罗河之女联盟”领袖夏菲各（Durīyah Shafīq）领导一连串女权运动，诉求制宪，争取女性参政权。阿拉伯国家的女性似乎应该感激埃及这个领导女性自觉的国家，否则便没有科威特第一位女部长产生，也没有今日阿拉伯女权的提升。

尽管女权运动不断，其诉求却经常是恢复伊斯兰教义赋予女性的权利与尊严。对阿拉伯女性而言，所谓的“女权”是能够顺应当地环境，自在地生活，譬如未婚女性要有不被伤害的权利，已婚者要被丈夫尊重、保护。

阿拉伯人说，“天堂在母亲的脚底下”，母亲地位崇高，肩负断奶前的儿女的教育，母亲有被孝顺的权利。父亲几乎无须插手幼儿教育，男孩要等到断奶之后父亲才会参与儿子的教育工作，女儿的教育责任则落在女性身上。姊妹必须保持联络，阿姨的地位等同于母亲，祖母要受儿女、孙儿女以及其他亲戚的孝顺和尊重，不可拒绝祖母的要求。所有妇女享有受教育、财产、休假等权利，但不应与男人交往，因此沙特阿拉伯女性可选择的职业很有限，通常她们喜欢当教师、医师或女性机构职员。

令人震惊的“波斯湾战争”

1990年8月2日清晨4点多，我起床后打开收音机，听到一则令人震惊的消息：伊拉克无预警攻入科威特，已经攻打到沙特阿拉伯边境，让我这异乡人的脑海里涌现出此起彼落的负面情绪。此后一年我们生活得很不安。

每每回想起当时的忧虑，就不禁同情伊拉克前总统萨达姆（Ṣadām Ḥusayn）2003年被人发现躲在地洞里苟活的尴尬。贪生毕竟是人性，当生命受到威胁时，人类的烦恼多半只剩下自己。我所不理解的是，美国为何要如此污辱别人的总统？别的国家政府腐败应该由他们的子民来审判，2003年美国攻打伊拉克实在是一场莫名其妙的战争。

1991年第一次波斯湾战争爆发，学校停课一学期。利雅得街上到处可见美国士兵，包括穿着迷彩衣的美国女士兵。1990年起，沙特阿拉伯的广播电台新闻报道开始起了变化。过去麦加电台播出的新闻，往往是诠释《古兰经》或阐扬教义的宣教节目。战争危机期间我却收听到反对沙特家族执政的言论，尤其反对沙特阿拉伯政府与西方联军合作，攻打同为穆斯林的伊拉克。本·拉登便是因为反对沙国与西方合作，在这期间出走，辗转到阿富汗组成“基地”恐怖组织，遗下祸害至今。此时沙特阿拉伯社会开始动荡，然而，表面上却非常宁静。

示威一定是“反民主”？

我的住处在当时利雅得最热闹的乌来亚区，有一天看到乌来亚街上挤满了人，路边停了十几辆深色宾士车，每辆车的驾驶座车门都敞开着，驾驶员都是女人。第一辆领头车的驾驶员，竟然是沙特国王大学阿拉伯语文学系的教授。我听到她高喊着口号，她后面一排车的女驾驶员也都走下车，随着她呐喊，诉求女性开车权。群众在一旁看热闹，七嘴八舌。

她们虽然还是穿着阿巴雅，但并没有依照一般方式穿好，她们的面纱都已经摘除，头巾却仍然散披在头上，露出部分头发。我迅速离开示威现场，忐忑不安地飞奔回家听新闻。所有广播都对她们不利。隔天报纸除了出现宗教领袖宾巴资的严厉谴责之外，还有许多宗教学者引用教条与教义来证明她们偏离了正道。连续数星期，报纸上都有投书谴责她

摄影／刘长政

们的人，还包括许多女性。这些妇女认为自己在宗教保护下享有充分的人权，无须这种异教徒的“女权”。

参与运动者都被学校停职。我们几位前后期同学感念这位老师对我们的照顾，一起到她家探视。她显得非常平静，对政府并没有任何批评。她们没有停职很久，政府为了稳定民心，展现宽容爱民精神，以宽容代替惩罚。她们并未达成运动目标，却意外地为政府做了宣传，充分展现了政、教领袖合作的高效能。

沙特家族的执政，曾经遇到许多重大挑战，但每次都能迎刃而解，我认为那是执政者深体民意的结果。譬如革命运动闹得沸沸扬扬之际，前沙特阿拉伯国王阿卜杜拉适时提高薪资，允诺开放选举权，让该国幸免于难。阿拉伯世界的王国制并不表示他们是政权独裁，譬如约旦和沙特阿拉伯是王国制，但人民生活普遍安定和乐。同样，共和制也不表示人民享有民主。

女权在沙特阿拉伯的发展，我不认为一两次的运动能发生任何作用。另一方面，究竟何种模式能代表沙特阿拉伯女人所向往的权利？显然“自在”才是重点。穿得自在、住得自在、行得自在及自在地思考，这些似乎都需要传统与现代渐进式的磨合才能达成。自由的真谛不过是灵魂的自在罢了。

跟我最要好的博士班同学哈斯纳（Ḥasnā’ al-Qunayʻīr），毕业以后在沙特国王大学教书，长年以来在《利雅得日报》写专栏。她稳健的文笔与聪慧的思维，获得知识分子很大回响。她无须站上街头，以一个洞悉阿拉伯传统文化与人民心声的知识人，她用柔和却无比坚强熟练的笔，将阿拉伯古代光荣与真正的伊斯兰灵魂，清晰地呈现在统治者和国人的眼前，在争取沙特阿拉伯女权上取得非常大的收获。2015年12月，沙特阿拉伯第一批女市议员诞生，女性获得地方选举投票权，尽管只是地方层级的选举权，在沙特阿拉伯的女权历史上却是最大的突破。

14 与大自然共舞

阿拉伯人自古就与骆驼和马有很深的情谊，它们是阿拉伯人生存与奋斗的工具，更是它们朝夕相处的挚友。在中东开车，驾驶最需要注意的就是骆驼，道路上常常有“小心骆驼”的交通标志，因为它体型庞大，更重要的是一旦撞到它，即使自己生命无碍，也会惹来很大麻烦。古时候有些姊妹部落间的战役长达数十年之久，起因便是骆驼。有一位来自台湾的朋友在沙漠中开车撞死了骆驼，我们看到他的凯迪拉克车全毁，他侥幸存活，住院好一阵子，还赔了骆驼主人大笔赔偿金。

伊斯兰文化中的动物

骆驼的身体特性异于一般动物，它的身体结构几乎全是为沙漠环境而生。它体重五六百公斤，身高约两米，强壮的长腿让它能快速行走且远离酷热的地面，厚蹄让它在高温的沙上或石头上不感觉热。它的眼睛

摄影 / 傅怡萱

大视野广，耳朵小且覆盖着毛发可以阻挡风沙，长睫毛也能挡风沙。长脖子让它能轻松吃到地面矮小的植物，嘴与唇能吃针叶植物，驼峰还能储藏养分。

若遇上沙暴，它的鼻孔、眼睛、耳朵可以闭合，这些部位的肌肉都很有力。它的体温维持在30℃到41℃之间，能抗热御寒，即使是酷热的白天也无须补充太多水分。它一旦喝水，10分钟可以喝到130升，相当于体重三分之一的水分；即使八天不喝水，减轻了百分之二十二的体重，也不致死亡。相较于人类丧失百分之十二的水分就会死亡，骆驼丧失百分之四十的水分还能存活。

此外，骆驼奶可治肠胃、肝脏、糖尿病及阳痿等疾病，增强骨骼发育。平日吃梭梭属野生草的青壮母驼的尿液可治愈重病；据说曾有血癌末期的病患住在沙漠帐篷中40天，喝母驼奶和母驼尿，竟不药而愈。骆驼可以说是生物界的奇迹。不过最近几年骆驼奶所带来的中东呼吸综合征（MERS），却令人百思不解。

不同的动物对阿拉伯人而言，各有象征意义。他们很不喜欢狗，骂犹太人会说“狗儿子”，骂人是“熊”则表示被骂的人很胖。驴子与主人的情感则和骆驼不同，骂人笨时会用“驴子”。

红沙漠之秘

在利雅得念书时，星期四、五两天是周休，我很喜欢到距离利雅得市区约80公里处的“红沙漠”度过黄昏，有时候甚至于跟一群欧洲朋友在沙漠里搭帐篷过夜。朋友常携带乐器及灯光设备，在几个大沙丘之间演奏，天空的繁星与月亮照在红色的沙丘上，使得一旁红黑相间的帐篷增添几许古意。此时你会渴望抓住这种宁静，让光阴凝结在沙丘之间。

红沙漠是世界十二大奇景之一，此处的沙丘绵延，沙质非常细柔，若遇到沙暴，细沙几乎无孔不入。沙丘陵线屡次都因沙暴改变它的形状，也经常挪移，我常赞叹它的可塑性远胜过人类。黄昏时，赤脚踩在沙丘上，可以感觉暖流从脚底流窜全身。我们会借助一些塑胶板，甚至是纸板，从陵线上往下滑，称之为“滑沙”。滑沙在沙特阿拉伯，犹如加拿大的滑雪运动，令人雀跃。

我特别喜爱将自己埋在沙子里，仅露出一颗头，然后小睡片刻。这时眼前的一切犹如传说中人类将回归的地方，是没有障碍的“无限”，以及一些心理意识的“永恒”。有一次当我陶醉在温暖的沙被里时，感觉脚下有东西在蠕动，我并没有理会它，等到坐起身来，看到竟是一只蝎子，那时才体会到万物不会主动伤害他者，除非我们释出恶意。无怪乎阿拉伯人有一句谚语——“不踩蝎者不遭螫”，在沙漠里我一再印证这种说法。

有一天我和朋友到沙特阿拉伯人口中的“湖泊”去游玩。我们抵达时才发觉，所谓的“湖泊”，其实是来自市区的废水汇集处，里面有许多青蛙，朋友拿起钓竿钓起青蛙来。虽然我厌恶温情主义者，但我对于动物受苦总感觉不忍，他们的举动让我感觉很难受，便到处晃晃。

当地人说附近有很多狼，要我们带着长棍。但见远处有大片白影朝向我们移动，定睛一看，竟然是排成一列的白色狼群。从前我只在动

摄影 / 傅怡萱

物园和电影里看过狼，在我的认知里，它是具有强烈攻击性的、是狡诈的；此时我们唯一能做的是把棍子紧紧握在手中。双方犹如两军对垒，唯恐牵一发而动全身；两军中间是“湖泊”，敌军的地势比我们高出许多。“湖泊”的宽度与深度还不及下毛毛雨时的政大醉梦溪。

我看见这群狼的眼睛里只有深不见底的神秘，没有邪恶的意念。犹如我所理解的，狼群打量我们良久，便姗姗离去。多年以后，我跟朋友提及这段经验，他们告诉我这是狼群在探测环境，倘若我们逗留到夜晚，后果会不堪设想。但我仍浪漫地认为，我们即使无法像古诗人尚法刺（ash-Shanfarā）与狼群一起生活，至少可以透过眼神沟通，达到互不侵犯的境界。

沙暴启示

沙特阿拉伯的沙特家族为了繁荣故乡，将首都利雅得建设在沙漠中。利雅得每年约5个月可能会有沙暴，沙漠地区若发生沙暴，大城市也无法幸免。沙暴发生时伸手不见五指，路上的行车都有默契地停止行驶。此时即便打开车灯亦无任何效用。当沙暴在旷野里横行时，如天使般美丽的沙漠，一瞬间便化身为残酷的魔鬼。

沙暴的威力不是人的力量所能抵抗，它会在短短几分钟内将原本塑造的沙丘重新编织。沙漠的残酷，或许是让人们经常品尝深沉的痛，阿拔斯时期著名的诗人阿布·努瓦斯（Abū Nuwās）在诗里便厌恶地说：

摄影 / 傅怡萱

让南风刮走废墟，

让灾难为大地岁月而泣，

让强壮的骆驼骑士有它的土地，

让公驼、母驼一齐奔驰在这块土地上。

莫和贝都因人生活，

他们生活枯燥乏味，

我这儿可非沙漠生活，

这是没有奶酪的日子。

是波斯王宫，

哪来的贝都因？

哪有牲畜圈栏？

我曾亲身体验过沙漠的深不可测。有一个入秋的周末，我与朋友开着四轮传动的车子深入利雅得附近沙漠，目标是采集玫瑰和树木的化石。我们戴着头巾，既可防晒，又防风沙，还携带着罗盘以防迷路。

玫瑰化石是沙漠里历经一亿年风化而成的化石，形状与玫瑰极为相似，有些甚至一朵朵相互连接成花树一般，初次见到玫瑰化石的人，都会赞叹大自然的威力与魅力。树木化石则是树木经过千万年风化而成，如玉石一般，呈现咖啡色或土色等色泽。有些树木化石里面甚至可能藏有昆虫化石。

年轻时我喜爱玩物，无法抵挡神秘大自然的诱惑，记得当时看到一大块有年轮的树干化石，不觉惊叫出来。我的惊叹声还来不及收尾，只见眼前一片土黄色的沙雾裹着强风而来，求生本能让我低俯身体并紧抱石头。当时情景仿如进入混沌世界，没有存在的感觉，只剩脑海里对事物的印象。

幸好当时那块大石头有我双手可以着力的地方，我才不至于随风而去。沙暴解除时犹如再生，又恍如隔世，难怪阿拉伯人有一句谚语："沙暴后的夜空特别美。"我全身毛细孔里都填满沙子，放眼望去，每个沙丘已经完全改变景象，分不清东西南北。

中世纪罗马与波斯帝国分别占据大叙利亚地区和美索不达米亚，版图竞争激烈时，它们都宁愿在两地设置公国，由阿拉伯人统治阿拉伯人。罗马帝国与波斯帝国不谙沙漠环境，军队深入沙漠追赶阿拉伯强盗时经常全军覆没。每每想到这里，我都会鼓励来自偏远地区的学生：艰困的背景便是他们生命最宝贵的资产，毕竟任何人都无法预料他的生命旅程能永远顺遂，一旦落魄，唯有习惯艰困者能自在怡然。

当天我们满载而归，但余悸犹存，留在脑后的是一片混沌的破碎记忆。

⑮ 仁慈的宗教警察

沙特阿拉伯最让外人产生负面观感的，便是宗教警察的权威。宗教警察所属的“扬善除恶组织”，是1940年沙特阿拉伯政府根据伊斯兰教法“除恶扬善”的精神而设立，成员约5000人。他们的任务是在公共场所与商场执行伊斯兰法，以杜绝罪恶的发生，譬如催促人们在礼拜时间到清真寺做礼拜，督促商店在礼拜时间停止买卖行为，监督女人是否照规定穿阿巴雅，命人行善，惩罚违规者。然而部分宗教警察执法过当导致民怨，也导致当地境内有一些人主张废除该组织。

命运掌握在自己手中

宗教警察在社会各角落巡逻，尤其是人群聚集的地方，以维持宗教秩序。每到礼拜时间，宗教警察会在商场督促商家关店做礼拜；斋月期间宗教警察执行勤务特别活络，此时妇女必须格外警惕，因为宗教警察如果看到穿着不合乎教义的女人，会毫不客气地鞭打。外国妇女虽然不必戴头巾和面纱，但穿着阿巴雅是必要的。1980年代，我听说一位欧洲大使的夫人因为穿着而遭鞭打，引发外交事件。我们抵达沙特阿拉伯之后不久，便须签署尊重当地法律与习俗的切结书。在外交豁免权里，不包含伤害当地善良风俗。任何女人外出必须穿着阿巴雅，斋月时还要戴上黑色头巾。

我居住在利雅得时，曾有一次到“女人街”（珠宝、金饰街）购物。我走进一家店想买意大利三色18K金耳环，挑选了很久，中意的都有些重量，不便宜。正当我犹豫不决时，一位蒙面纱的沙特阿拉伯女人进了店，劈头便对老板说：“那条项链，我要一公斤。”完全不看店里摆设的其他款式。我佩服她的财力，更令我折服的是她的“果断”。我想老板正忙着服务这位贵客，便摸摸鼻子走出店，内心五味杂陈，包含些许自卑和羡慕。

当心里正计算着我中意的耳环和一公斤项链之间的差异及其所象征的意义时，我猛然抬头，发现迎面而来的是一位拿着鞭子的宗教警察。他直视着我，感觉状况很不妙，因为我的阿巴雅太长妨碍走路，于是我在胸前打了一个结，部分小腿就自然露出来。我并没有在阿巴雅里面穿长衫，而是穿着长至膝盖下约10厘米的裙子。当时我毫无空间可以折返，眼看将面临生平最大的人身侮辱。我一边走，一边解开胸前阿巴雅上的结，心脏扑通扑通跳，想象着小腿被鞭打得血淋淋，身边围着看热闹的穆斯林的景象。

或许困兽犹斗是人的本性，心想横竖都是悲剧，何不放手一搏？他目光凶狠地说：“你知道自己做了什么吗？”我说：“我自然知道。”他说：“那我就该尽我的职责。”我说：“可是安拉不是说‘你应当告诉众信士男子，要俯首下视’在先，然后才说‘遮其羞体’吗？你若俯首下视，会看到什么？现在你要执法，请看现在我的小腿露出来了吗？”我连续使用修辞学的“否定式问句”，口气温和却坚定。我永远难忘当时这位宗教警察的神情，他凶恶的眼神温和了，嘴角露出胜过纪伯伦的“一丝微笑”，跟我说：“我的姊妹，很高兴认识你。”附近店家老板已经都围过来，大家热烈地鼓掌，是为我还是为他？我幸运地逃过一劫，也为自己上了一课：命运其实是掌握在自己手中，任何恶劣的环境下都千万不要放弃拯救自己。

宗教在阿拉伯世界一直是至高无上的权力，百姓只要不去挑战它的禁忌，便能彼此相安无事。然而对于哲学家、文学家、艺术家及科学家而言，它却是某种程度的束缚。许多思想家因此移民他乡，或运用他们祖先流传下来的象征手法将宗教包装在某些外衣底下，抵触它却不露痕迹。

“伊斯兰国”与伊斯兰教的联结

近来“伊斯兰国”的行径让全世界哗然，从事阿拉伯研究的人，在许多方面不敢直言或不愿意坦承心中的想法，尤其是不愿触及宗教的议题。该领域的研究者原本多少就有一种“伊斯兰恐慌症”或“阿拉伯恐慌症”，目前“伊斯兰国”所塑造出的氛围，不只让专业人士恐慌，更足以让全世界为之窒息。

和“基地”组织不同的是，“伊斯兰国”活用现代科技，灵巧地利用人性弱点，获得很多年轻人追随。对于许多平民百姓，甚至对部分知识分子而言，中世纪阿拉伯人的文明光辉，是深藏在脑海深处的荣耀。“伊斯兰国”标榜要恢复“哈里发”制，建立一统的阿拉伯国家，就好似告诉他们要恢复阿拉伯文明的荣耀，那几乎是多数阿拉伯人的梦，毕竟公元1258年巴格达毁于蒙古人手里，是阿拉伯人第一个痛；公元1492年阿拉伯人被西班牙人赶出格拉纳达（Granada），是他们第二个痛；公元1516年奥斯曼土耳其帝国殖民阿拉伯世界，是他们的第三个痛。

目前或许还有更严重的第四个痛楚，正在折磨着阿拉伯人的内心，那便是西化后的世界所标榜的“普世价值”，经常不是他们的价值。对他们而言，今日22个阿拉伯国家是西方人划分出来的怪地图，并非阿拉伯人的意愿。尽管表面上这是一场逊尼派与什叶派的“宗教战争”，但在意识形态上，却迎合某些人潜意识的愿望，是“民族战争”。因此，我不止一次听到阿拉伯朋友说：“我们讨厌他们（‘伊斯兰国’），但我们需要他们。”对一般人而言，我们很难了解这种“需要”的极限何在。

比较诡异的是，仅凭“伊斯兰国”3万个圣战士，怎能制造出如此惊人的负面力量？是国际媒体刻意塑造出来的形象？是其他国家各怀鬼胎的资助使然？抑或他们真是训练精良，拥有如此庞大的杀伤力？倘若现在“伊斯兰国”停止恐怖行动，是否摇身一变，它的主权就被国际所承认，成就它重新划分国土的野心？中东地区对于国土重划从来就不陌

摄影 / 傅怡萱

生。果真如此，此次的劫难似乎与其他区域经常发生的暴乱或内战并无太大差别，我相信有许多眼睛正虎视眈眈看着它发展，伺机而出。

对战争与暴力甚为陌生的台湾人，被迫跟随着时代不断地学习。台湾是一个毫无宗教歧视的地方，即使看到自杀炸弹客的疯狂行为竟只为了宗教，人们还是很难想象宗教议题会成为发动战争的原因。我常想，若台湾没有滴水不漏的安全防卫，以台湾人对宗教毫无戒心的性格来看，轻而易举便能在岛上制造恐怖行动。

《古兰经》鼓励人们为“主道”而战，以安拉后世的报酬劝人们起而行，以天堂有享不尽的佳肴与美女来鼓励“圣战”。圣训也鼓励人们的内在要履行“大圣战”，行善杜恶；对外要履行“小圣战”，为伊斯兰而战。因此，偏颇的人便扭曲“圣战”定义，无视于发动“圣战”必须有其条件，战争过程有其限制。他们利用宗教荼毒人心。不知聪明的台湾人是否能引以为戒？任何宗教的狂热应该适可而止，尽管我并非一个无神论者，但我总认为到处是宗教场所并非国家之福。身为知识人，我更认为宗教的狂热会束缚奔放的思想与创意。

16 加沙殉士

才刚离开约旦一年，我便在沙特阿拉伯看到报纸头条新闻，我的母校亚尔穆克大学发生约旦有史以来最大的学潮。生活在阿拉伯世界，你会发现自己随时都可能成为事件的目击者或关系者，这块土地经常发生大事情。

1986年，亚尔穆克大学校务会议决议要调涨工学院学生的实习费，该院学生会向学校抗议，要求撤销决议，并举行一连串的抗议活动。该年5月3日，接近学年结束之时，校务会议决议要开除32位学生，其理由是“学业成绩未达标准”，但这些学生其实都曾参加抗议活动。随即国安单位便逮捕了几位抗议的学生，引起全校学生的集体抗议，陆续有8000位学生加入，规模之大，前所未有。

抗议学生诉求国安单位放人，撤销退学决议，并成立全国学生会。5月13日学校学生集会一整天，隔天早上开始抗议活动。有些老师因此决定延后期末考时间，或不举行期末考。部分学生开始有不理性的行为，

包括撕毁试卷或占据教室。5月13日国家安全单位便包围学校围墙，逮捕一些走出校门的学生。这种行为让学生更为愤怒，学生会决议无限期罢课。国安单位于隔天进入校园，对空鸣枪驱散聚集的人群，用棍棒殴打学生。有三位学生被棍棒打死，其中一位还是应届毕业的工学院学生，另外两位是女生，还有一些学生因此终身残疾。

此事件的结果是校长被撤换，21位教授因为同情学生，取消或延后期末考试而被解聘，其中包括后来转到英国牛津大学任教的著名阿拉伯文学家阿布·堤卜（Kamāl Abū Dīb）。学校停课一星期，并取消当年的暑假。隔年约旦便设立“约旦科技大学”，将亚尔穆克工学院与亚尔穆克大学分开，分散全体学生的记忆，也摧毁了亚尔穆克大学原本欲将校园延伸至叙利亚边境刺姆山的愿景。

5月15日是“巴勒斯坦灾难日”，1948年5月14日以色列宣布独立，并立即得到美国等西方国家的承认，因此发生第一次中东战争，造成以色列占领巴勒斯坦百分之七十八的土地，将80万巴勒斯坦人赶出家园。每年的这一天全世界巴勒斯坦人都会哀悼，亚尔穆克大学也会有巴勒斯坦学生聚集哀悼。这次学潮发生在这悲伤日子的前后，让整个事件更加复杂化。

巴以冲突的悲哀

1917年支持锡安主义者在巴勒斯坦建立“犹太民族之国”的英国《贝尔福宣言》，酿成长久以来无法解决的巴以问题，其祸害延烧至今。许

多西方人的行为模式似乎千篇一律，以别人的土地或财产当作礼物，赠予第三者。他们很像大商人，专做“买卖国家”的生意。他们可以帮别国打仗，一石二鸟地消灭他们的敌人，并赚取大笔军费和酬劳。他们更常罢黜不听话的领袖，防止利益损失甚至从中获得庞大利益。

以色列人和阿拉伯人拥有相同祖先、相同土地、相同的生活方式，长久以来的历史包袱让他们双方无法和平相处。许多西方国家也不见得乐见他们相安无事，毕竟安排一个牵制伊斯兰势力的以色列在中东，会令西方省去许多忧虑，这或许才是事实。今日巴勒斯坦和以色列的关系已经成为政治上无解的问题，它不仅牵涉阿以的仇恨，涉及西方与阿拉伯国家的对立，更牵涉阿拉伯国家彼此之间的猜忌与嫌隙，半个多世纪以来紧张没有趋缓的迹象，永久和平也遥遥无期。

返回台湾任教之后，我曾参加了一场在加沙伊斯兰大学的研讨会。我发现所谓巴勒斯坦自治区的对外窗口，譬如机场，其实都还是在以色列的控制之下。

与我同机的旅客绝大多数是巴勒斯坦人，每一件行李都遭到严格且冗长的检查。他们行李里很多东西都被没收，但我的行李并未被检查。等到同机旅客全部检查完毕，我们才坐接驳车入境，那已是三四个小时以后的事。

会后我们受邀坐巴士到加沙各地参观，我看到的多数景象是残垣颓壁，以及头巾底下疲惫的眼神和泛黄的脸庞，无怪乎阿拉伯人认为黄色象征“饥饿”与“疯狂”。阿拉伯语里黄色的词源有空乏的意思，他们说“黄色的人”指的是此人穷困潦倒。我们到巴勒斯坦殉士营去探望受难者家属，那是一个前后两面开放的大帐篷，每位殉士都有遗照摆在属于他的位置上，家属守候的床就在遗照旁边，正如巴勒斯坦诗人巴尔古提（al-Barghūthī）所说：“我找不到一面墙来挂我的证书。”每一位殉士的家属都流着泪诉说死者生前的故事，场面极尽哀戚，充满巴勒斯坦女诗人法德瓦（Fadwā Ṭūqān）的呐喊：

灵魂的兄弟，
求你别死，
你是我生命的那一点光。
我残余的灯光，
求你为我留下来，
留下光、味和意义。

大会结束后，我独自搭上巴勒斯坦平民百姓坐的公车，从加沙到约旦河西岸，到被占领区各城市游览。沿途我们经过很多以色列检查哨，每到一岗哨都会有两人一组的以色列士兵荷枪上公车查验证照。车上陆续有几位年轻人被带走，他们都没能抵达目的地。我邻座是一位中年妇人，不停叹气，跟我诉说巴勒斯坦的悲哀，她说这些年轻人无法回家了。当时我脑海里浮现出巴尔古提曾经说过的话：“没有一个离去者会完整地归来；没有任何东西归还时会完好如初。”“长期的占领会将我们从‘巴勒斯坦子民’转变为‘巴勒斯坦思想的子民’。”这是多么无奈的现实。

17 岩顶清真寺的震撼

要将阿拉伯人和伊斯兰艺术联结在一起，其实有一定的困难度。一般阿拉伯人的外在大而化之，做事随性，没有时间观念，但他们完成的艺术作品却充满灵思，细密精巧且和谐。不懂艺术的我，感觉无论是建筑、雕刻、绘画、书法或音乐作品，阿拉伯人都以沉静的冥思去碰触细微的内在，然后向外诠释，目标似乎在冲向无限的永恒。就像岩顶清真寺蓝色外墙上的图案，源源不绝地延伸，探索不到它的终点，让你难以忘怀。

《古兰经》在《夜行章》曾提到“极远清真寺”（阿克萨清真寺）：“赞美真主，朝绝万物，他在一夜之间，使他的仆人，从禁寺行到远寺，他在远寺的四周降福，以便我昭示他我的一部分迹象。”（17:1）经文中提到的“禁寺”，指的是麦加大清真寺，“远寺”便是耶路撒冷的“极远清真寺”，是穆斯林的第一个朝拜方向，后来朝拜方向改为麦加的禁寺。因此，穆斯林视此寺为伊斯兰的第三圣寺，仅次于麦

摄影 / 傅怡萱

加的禁寺和麦地那的先知清真寺。极远清真寺建筑在高地上，四周有围墙，里面共有200个景点；高地中最著名的景点是“岩顶清真寺”，又称为“圆顶清真寺”，坐落在高地的最高点。

岩顶清真寺建于公元7世纪伍麦叶王朝哈里发阿卜杜·马立克（‘Abd al-Malik bn Marwān）时期，是今日保存最完整的伊斯兰建筑，也是世界建筑史上著名的建筑物。其外形呈八角形，寺内尚有以12根梁柱排列成与外形一样呈八角形的内圈，中间有穆罕默德登霄时所踩踏的大岩石，岩石呈不规则形状，长约18米，宽约14米，该寺名称亦可溯源于此岩石。圆顶直径约20米，高约35米。清真寺内墙是马赛克砖，除了许多几何图案之外，并以古老的加立勒书法体的《古兰经》经文来装饰，秀丽壮观。

伊斯兰建筑之美

我认为能撼动人心的伊斯兰艺术首推建筑，因为它汇聚了阿拉伯文化所有领域的艺术。伊斯兰建筑曾受其周边民族，如波斯、罗马等古老帝国的影响，譬如马赛克砖的使用是受拜占庭文明的影响。随着伊斯兰文明的兴盛，逐渐发展出伊斯兰独特的风格。清真寺及宗教学校的建筑，通常以几何图案和阿拉伯书法作为装饰，禁止任何形象。

伊斯兰建筑因时代及气候的不同而各有其特色。在伊拉克、大叙利亚及阿拉伯半岛地区的伊斯兰建筑，通常有很大的庭院，譬如建于公元8世纪初的大马士革伍麦叶清真寺便有宽广的长方形中庭；寒冷地区的建筑就不盖大中庭，譬如位于土耳其的伊斯兰建筑。在装饰艺术上，他

摄影／傅怡萱

们的编织、木雕、铜雕及其他金属雕刻都显得很精湛，有的运用在建筑上，也有许多独立作品，著名的阿拉伯传统市集里的陈列，常能让人一饱眼福。

有一年我在耶路撒冷的岩顶清真寺里，听到礼拜时的宣礼声浑厚圆润，呼应寺内装饰的《古兰经》经文和延伸至无限的几何图案，仿佛是天籁之声或来自另一个不知名宇宙的声音。我抬头仰望高耸华丽的穹顶，以及四周阳光通透的拱形彩色窗，突然感觉周围及屋顶的方形、圆形、八角形开始相互交替，各种颜色和图形交织成一张天网，覆盖渺小的我。困惑之间，两行泪挂在脸颊上，好似这些语音和图像触动了深藏的灵魂。

在这里，我的脑海里瞬间闪过《清真言》的词句。《清真言》是每一位要信奉伊斯兰教的人都必须做的誓言，亦即“安拉是真主，其他非主，穆罕默德是安拉的使者”。走出清真寺时，眼泪还不自觉地往下流，我相信那便是伟大艺术的力量。

圣城耶路撒冷纷争不断

距离岩顶清真寺不远处，是犹太教神圣的“哭墙”，犹太人认为它是公元前10世纪所罗门第一圣殿被毁后留下的西墙遗迹。他们到此哭悼祖先两千年流浪的历史。阿拉伯人亦视此墙为圣地，他们称它为“布刺各墙”，并认为经过阿拉伯人的考证，今日哭墙地面上的石墙没有一块是所罗门圣殿的遗迹。1948年到1967年哭墙属于约旦领土，曾禁止犹太人来

摄影 / 傅怡萱

此礼拜。1967年中东战争后此地被以色列占领，再度恢复犹太人在此祈祷的习俗。

“布剌各”是穆罕默德从麦加夜行到耶路撒冷时乘坐的动物，也曾是亚伯拉罕从耶路撒冷到麦加看妻子夏甲和他的儿子以实玛利时所乘的坐骑。《古兰经》里的众先知故事与《旧约・圣经》大同小异，许多不同的地方常与阿拉伯人的自尊相关，譬如夏甲在《古兰经》里是妻而非妾，夏甲所生的以实玛利在麦加定居下来，阿拉伯人都是他的后裔。

据圣训记载，穆罕默德夜行所骑的白色动物介于骡与驴之间，他从麦加骑到耶路撒冷后，由天使长加百列把它拴在哭墙上，等穆罕默德礼拜完后，再骑它飞回麦加。这趟旅程中，穆罕默德在天使长的陪同之下见到许多先知，譬如亚当、耶稣、约瑟夫、摩西等。他飞上数重天，到第七层时见到众先知之父亚伯拉罕。在此过程中他接获安拉的命令，要人们每天做五十次礼拜，穆罕默德为了人类生活之便，多次向安拉请命，最后减为每日早晚做五次礼拜。

耶路撒冷是三个一神教的圣地：所罗门王在此建筑第一圣殿，因此是犹太教的圣地；耶稣在此受难，故也是基督教的圣地；穆罕默德在此登霄，又成为伊斯兰教的圣地。自古这些教徒为争夺此城，发生过无数战争，最著名的自然是“十字军东征”。阿拉伯英雄萨拉丁因为对抗十字军，收复耶路撒冷，至今仍被穆斯林所崇拜，他的事迹除了在文学作品里被阿拉伯人歌颂之外，还被拍成电影、连续剧、舞台剧等。

由于以色列人和阿拉伯人对耶路撒冷都怀有浓厚的宗教情结，双方都无法让步。以色列建国之后，将许多政府机构设立在耶路撒冷西城，譬如总理府、最高法院、国会等，以宣示其主权。巴勒斯坦建国时，则将此城设为未来的巴勒斯坦首都。圣城的命运多舛，不知在它未来的路上还有多少的劫难在等候着！

18 艾卜顿的日子

从利雅得再回到安曼，已经是10年后的事。这回我住在一栋占地面积四五百坪的别墅，进屋门后是偌大的客厅，采光通风俱佳。屋门在中间，我将左右布置成不同格调的起居室，左边是电视间，右边是会客室。地上铺着淡橘色花纹的大理石砖。往下走还有一层，我把楼下当作游乐间，这层楼门外便是车库和庭院。

环屋的庭院里，低矮的栏杆围墙上种满了素馨花，四周是苹果树、水蜜桃树、枇杷树、樱桃树、无花果树和杏果树。前院有四株如丝绒般的红色玫瑰树，每一株都比我高出许多，花朵盛开时只见火球般的红花，几乎看不到绿叶。屋门口的阳台上种了四棵黄色郁金香，我会在融雪之后把种子埋在泥土里，春天一来花朵就盛开；开门进屋时，花香会随风飘入，满室芬芳。我非常喜欢郁金香，回台湾之后我发现这里的郁金香没有香味，显得很忧郁，于是我选择挺拔的白色海芋来代替。

大屋庭院和贝都因孩子

每到夏天我就有吃不完的水果。水蜜桃树的高度不及我的肩膀，却负荷沉重的果实，为了让它度过艰辛的怀孕期，我帮它做了两根支架。杏树最不可思议，它的枝叶虽然毫无美感，但每到开花结果时总会让你惊艳不已，金黄果实结满细弱的树枝，有时一根树枝会结近百颗杏果，很多树枝因此不堪负荷而断掉。屡次看到这种情景，我都感到莫名的难过，却找不到任何方法可以帮忙。

杏树结果的时间只有短短一个月，过了6月杏树就不再结果。这个月邻居都忙着做果干、果酱，因为没有人吃得完这些丰盛的果实。埃及有一个盛产杏果的乡村，屡次嫁娶儿女、签订婚约都选在盛产杏果的季节，他们习惯说“在杏果里”，借此表示不可能或难以达成的事情。后来就流传为阿拉伯民间谚语。

樱桃树就完全不同，它高挺，我只能仰望兴叹，把果实留给鸟儿，即使是掉下来的樱桃也都是鸟儿吃过的。我生活在花果里，一切变得很不真实，如果没有每天来造访的羊群和衣衫褴褛的贝都因孩子，我甚至可能忘记这段日子。

夏天时，我们家旁边会有来自南方沙漠的贝都因人来居住，一入深秋他们就离开此地到南部去。他们把帐篷搭设在我卧房那面的围篱外，他们每日的作息我都可以一览无遗。帐篷外只有四只羊，还有一群孩子。我想在世界任何角落都很难看到，高级住宅区里居然有羊群天天来你家门口吃草，打开窗罩，进入眼帘的第一幕是光着屁股的贝都因孩子

在帐篷前嬉戏。只要我愿意，每天都能欣赏人生的真实剧场，仿佛戏剧家陶菲格·哈齐姆（Tawfīq al-Ḥakīm）的《每张嘴的食物》（*Aṭ-Ṭaʻām li-Kull Fam*）中所描述的“水渍墙壁”一样。

这群贝都因人的帐篷只有三面，前面是敞开的，我想或许是没有足够的经济能力可以搭好那一面帐篷。他们只要准备入睡，我便会把窗罩拉下来，但他们比城市人开放许多，似乎不在乎隐私。他们的邻居都是安曼最富有的人家，但彼此相安无事，没有人曾经刁难他们或想驱走他们，那是他们住的权利。

冬天一过，门前枯黄的山坡地一夕之间变成绿色，没几天，火红的白头翁花就遍布山坡。每天午后我会听到铃铛声，是牧羊人骑着驴子，赶着一群绵羊到山坡上吃草。驴子脖子上绑着铃铛，目的可能是要引领羊群。驴子的头永远是低垂着，我问牧羊人为何绑着它的头。他说驴子容易受惊吓，若它乱跑，会吓散羊群。

约旦市区也有很多山羊，有时候我家门口也会出现牧羊人徒步赶着山羊来吃草。山羊的长相比较多元，有各种颜色和形状，有的非常有特色。在摩洛哥南部有一种树叫作“阿尔侃”树，是联合国生物圈保护区中稀有的植物，生产世界上独一无二的金黄色阿尔侃油，可以制造美容用品及维生素，经济价值很高。他们采撷这种阿尔侃坚果时，会放山羊爬到树上吃叶子，你会看到树上满满都是山羊，不用多久树就光秃秃的了，果实也跟着掉到树下，农人可以不劳而获地满载而归，回去榨油。

门前的牧羊人和羊群每天会待到黄昏才回家，我的下午常常和他们一起度过。我对绵羊有一种特殊情结，它让我感觉很温暖，会令我庆幸远离了“铁匠洼地”的严寒。那段艰苦的日子我曾经得过冻疮，每每看到毛茸茸的东西，会不自觉地想拥抱它。我经常泡一壶咖啡，坐在前院的大理石阳台上，边看书边欣赏羊儿吃草，生活很惬意。

“路”的故事

住进这屋子时，台湾朋友送了我一只黄色土狗，庆贺乔迁之喜。我叫它“路”，我在前院替它盖了一间狗屋，每当我看书时，它会蹲坐在我身旁陪伴；若出门到附近散步，它也会吵着跟我出去。每次在回家的路上，路都遥遥领先，到家门口时，它还会自己伸手到栏杆内开门，虽然调皮但充满灵气。

阿拉伯人非常不喜欢狗，因为圣训规定狗舔过的器皿要洗七次，其中有一次是要用泥土清洁，表示狗的唾液很脏。穆罕默德也劝人不要把狗养在家里。邻居每每看到我牵着狗出门，表情既恐惧又厌恶。我比较怕的是遍布城市的野猫，阿拉伯人喜欢猫，见到野猫会“毕斯……毕斯”（“猫”的阿拉伯方言）亲切地叫。渐渐地我带路出去的次数愈来愈少，就像幼稚的人会远离不体面的亲人一样。虽然内心感觉愧疚，但我并没有改变自己的作为。

有阿拉伯朋友来做客时，我就必须把路拴在楼下，以免它一直抓门把，吵着要进门。这时它会表达内心的委屈，不停哭叫，声音传到楼上，朋友便匆匆告辞。奇怪的是，倘若是我喜爱的朋友来访，它就安静不出声。我们家在巷子的尾端，对面是山坡，没有住户。有访客来时路会吠

叫，隔壁邻居一直劝我把它送走，认为这是扰邻的狗。其实邻居家的院子也很大，当地房子隔音非常好，我根本不认为他们在屋内会听得见。

自小我家就养狗，我和狗有道不尽的情感，自然舍不得它离开。我因此把狗屋从前院搬到后院。后院有许多果树，还有一只自己来投靠的大旱龟，生了三只小旱龟，专吃掉到树下的水果。无花果树上有一只在山洞里找到的变色龙；后窗台上有一对鸽子喜欢来筑巢，不停生蛋、孵蛋，然后变成雏鸟飞走，窗台早已变成它们的家。晚上的后院还常会有刺猬来访。

尽管后院这么热闹，路还是很不开心。当我正在思考是不是让路住到屋子里时，有一天晚上外面有应酬，我和外子很晚才回家，打开院子的门，路并没有像往常一样跑来迎接我们。我遍寻庭院都没有它的踪影，整晚几乎无法入眠。隔天我们继续到所有它去过的地方寻找，都没能找到它。路失踪了，再也没回家……

开罗市集 ⑲

就像没有去过多伦多，就无法体会加拿大文化一样，没有去过开罗，也无法真正了解阿拉伯文化。我数度落脚开罗，每次对它都有不同的体会，就像穆斯林喜爱朝圣一般，我非常喜爱它。

开罗是《一千零一夜》截稿的地方，却也是《一千零一夜》数次因为内容淫秽被送上法庭审判的地方；它孕育文人的创意，却也经常折磨他们的智慧，抹杀他们的成就。倘若你不了解它同时是古埃及文明，又是伊斯兰文明与现代阿拉伯文艺复兴的中心，你就很难真正了解埃及人。

埃及人就像印度人或华人一样，有悠久历史的纠葛，有如老树盘根，理不出他们的喜怒哀乐。你可以从埃及人的外形和性格，看出它的人民有别于西亚或北非其他地区的阿拉伯人，他们拥有比较大的头颅和脸庞，还有土黄的肤色。你很难喜欢他们，但他们不见得在乎你是否喜欢他们。他们的土地太过古老，交往过无数的民族，他们一眼便能望穿你的心思。你会感觉他们过分务实，人人拥有一张古老文明的脸。

阿拉伯市集文化

想要了解阿拉伯人的思想，最简单的方式便是从阿拉伯国家古老的市集出发，譬如摩洛哥菲斯古城的市集、叙利亚大马士革的哈米迪亚市集、卡达的瓦吉夫市集。阿拉伯半岛最古老的市集是也门善艾俄附近的市集，历史可以追溯到2500年前，至今仍保存其商业行为。

在以物易物的时代，阿拉伯半岛便出现了许多著名的市集，譬如麦加附近的乌克若市集、马姜纳市集和儒马加资市集等。人们在市集里从事交易，买卖奴隶、调解纷争、展现诗才。市集和文学关系甚为密切，诗人和文人的声望建立在市集的吟诗擂台和演讲擂台上。伍麦叶王朝时期之后，米尔巴德市集继续传承这个使命。

在沙特国王大学念书时，有几位老师来自开罗，他们说若要了解开罗，首先要从古老的艾资哈尔清真寺（Jāmi‘ al-Azhar）对面的汉·卡立立（Khān al-Khalīlī）市集开始。1988年因《我们巷弄的孩子》（*Awlād Ḥāratinā*）一书获得诺贝尔文学奖的阿拉伯小说家马哈福兹（Najīb Maḥfūẓ），将整个开罗浓缩在他的小说里，而汉·卡立立塑造了马哈福兹的才气。

汉·卡立立市集外表与一般传统阿拉伯市集并无二致，里面贩售各种传统工艺品，譬如金银饰品、铜雕、香精、服饰等，也有餐厅、咖啡厅、糕点店。不同的是，汉·卡立立市集原是哈里发的墓园。法蒂玛王

摄影 / 傅怡萱

摄影 / 傅怡萱

朝政权第四任哈里发穆邑资（al-Muʻizz）将他祖先的坟墓从摩洛哥移葬此地，此后的哈里发也都陆续葬于此地。到了公元14、15世纪，马穆鲁克王朝的王公卡立立（Jarkas al-Khalīlī）将墓园移到别处，开始建筑这座市集。卡立立的祖先来自巴勒斯坦的卡立勒城，该市集的名称便被称为卡立立。紧接着许多卡立勒城的人民到此做生意，定居下来。这个市集的原始建筑楼上是住家，楼下是商店，其历史至少有600年之久。

今日，文人雅士经常来汉·卡立立寻找灵感，他们尤其喜欢到有200多年历史的老店“费萨维咖啡厅”品饮咖啡和各式各样的茶。马哈福兹便是这家咖啡店的常客，这家咖啡馆是他平常和朋友见面的地方，也是他灵感的来源，他在这里完成了许多小说的底稿。他大多数小说的背景都围绕着这家咖啡馆附近的人、事、物，譬如《汉·卡立立》（*Khān al-Khalīlī*）一书，便是描述搬到这市集居住的一对兄弟和情人的故事。马哈福兹经常和咖啡馆里的民俗歌手一起歌唱，其他顾客也会和声而唱。

这家咖啡馆充满咖啡、水烟、红茶、绿茶和薄荷的味道，深色木板和黄色墙壁的装潢，摆设古色古香。各色人种汇集于此，法蒂玛王朝、马穆鲁克王朝，还有这位已逝大师的歌声都在这里复活。坐下来喝一杯阿拉伯咖啡，会让你有超越时空的感觉。

开罗大学与“学术院”

埃及社会贫富悬殊，宗教派别林立，政治、宗教环境异常复杂，

Maxi

摄影 / 傅怡萱

敏感的知识分子是它今日最大的资产。汉·卡立立市集的入口面对着具有历史意义的艾资哈尔清真寺，公元10世纪法蒂玛王朝时期该清真寺升格为大学，是世界上最古老的大学之一。公元19世纪埃及派遣到西方，特别是去法国的留学团体都出自该所大学，它对阿拉伯文艺复兴的贡献匪浅，始终享有盛誉，今日则以研究宗教学为主。

阿拉伯文人多数毕业于开罗大学，譬如马哈福兹、拓赫·胡赛恩（Ḥāha Ṭusayn）等大师都是此校校友。阿拉伯文艺复兴的浪潮，经由开罗大学学生和老师的努力，不断地在扩大。

开罗大学是埃及的最高学术殿堂，是阿拉伯现代人文的汇集处，学生超过8万人，培育的人才散居在阿拉伯世界各地，带领现代阿拉伯知识分子觉醒。开罗大学的教授个个饱读经书，积极著书立说，有丰富的研究能量，并保留许多源自公元19世纪的私人座谈风潮。然而，有一年我到开罗做研究时，对这所学校感到异常失望；时代在进步，一所大学若没有经济支援，一切都是空谈。所有的学术积极度只能在沙特阿拉伯及附近的海湾国家见到，让我不得不感叹，一个国家的经济足以影响一切发展。

埃及率先在民主与自由上争得地位，但开罗大学门禁森严，并未对外开放，必须持有邀请函，外人才得出入。它的学制非常宽松，教学感觉也很松散，教授们积极申请到海外工作，以摆脱薪水微薄的日子，造成人才严重流失。最令人难以理解的是，其图书馆并非开放式的，你必须有书名或作者名字才能请管理员取书给你。这种状况反映了社会的不安定，政府不像过去一般重视学术。

中世纪法蒂玛王朝时期便在开罗建“智慧馆”，规模足以媲美享誉中世纪的巴格达“智慧宫”，今非昔比令人感慨万千。“智慧馆”是多功能的大型图书馆与研究场所，是当时的学者与学子驻足之处。馆内有40个大书柜，每个柜子可容纳18000册书，藏书中有许多珍贵的手抄本，开放给学子阅览，并举办学者辩论会，执政者常与会，并给予赏赐。图书普及、学术活动频繁，开罗成为学者驻足及学子求学之地。由于执政者赏赐优渥，诗人甚为活跃，其他学术领域如医学、哲学、自然科学等，成果也都很辉煌。

开罗大学有一所学院，名为“学术院”（Dār al-‘Ulūm），原是1871年伊斯马邑勒（Ismā‘īl）时期所建的独立学院，成立之初仅招收32名学生。1980年并入开罗大学，成为该大学的一个学院，以句法学、词法学、韵律学、文学批评、伊斯兰法学、伊斯兰哲学等科系为主，有别于文学院的阿拉伯语文学系。

“学术院”与现代阿拉伯文艺复兴有密切关系，其师资来自艾资哈尔大学的毕业生，创始者是有“教育之父”之称的艾立·穆巴拉克（‘Alī Mubārak）。早年在阿拉伯世界做阿拉伯语文标准调查，几乎都是以这所学院的学生为最高标准。他们的词汇量、国学根底都是阿拉伯语文学界学子中的翘楚。直至20世纪中叶，“学术院”仍是阿拉伯语言、文学及伊斯兰研究领域顶尖人才的汇集处，毕业生服务于全埃及人文界。

我的博士论文指导教授年轻时便在“学术院”念书，他的论文经常能刊登在开罗的《阿拉伯语协会期刊》上，这个期刊是阿拉伯语文学最高学术指标性期刊之一。他受聘到沙特国王大学任教之后，校长的文书都由他执笔，在学校备受尊崇。“学术院”并入开罗大学之后，院址坐落在开罗大学的最底端，声望逐渐没落，但从它古色古香的现址装潢，仍可以感觉到里面的成员仍旧陶醉在荣耀的余光中。

20 慷慨诗人巴巴亭

2008年10月，我应科威特富商兼诗人巴巴亭（al-Babaṭīn）之邀，参加阿拉伯世界的诗人大会，那是为期三天两夜的研讨会，目的在选出阿拉伯世界杰出诗人、发表著作、举办论坛、讨论诗的议题。

他们邀请来自世界各地的学界与政界人士，包括许多国家的总理、部长、著名的诗人等共500位，大多数受邀者来自西方和伊斯兰世界，华人只有我和另外两位来采访的记者。大会晚上的节目包含海湾地区著名的剑舞和其他艺术节目。我们的一切费用都由诗人巴巴亭负担，包含五星旅馆的所有吃住和来回机票，他还赠送受邀者巴巴亭图书馆与印刷厂的任何书籍和电子书。

巴巴亭是科威特富豪，家族经营许多跨国企业，父兄自幼培养他成为一个文化人及诗人。1990年为鼓励诗人的创意，设立“巴巴亭诗人奖”，每两年颁发一次，奖项包含荣誉诗人奖、最佳诗奖、最佳诗集奖、最佳诗评奖等，并设立“巴巴亭中央图书馆”，出版了许多阿拉伯文学书籍，譬如《十九与二十世纪阿拉伯诗人辞典》。

该机构经常举办大型研讨会或诗赛，赞助阿拉伯国家各类型文学协会活动，并发掘阿拉伯及世界各国大学有潜力的诗人教授。自1992年起，巴巴亭诗会每次都以一个著名的阿拉伯诗人作为当年会议的名称，譬如1992年在开罗举办的马贺穆德·巴鲁迪（Maḥmūd al-Bārūdī）大会、1994年在摩洛哥古城菲斯举办的阿布·格西姆·夏比（Abū al-Qāsim ash-Shābbī）大会、1996年在阿布达比举办的阿贺马德·艾德瓦尼（Aḥmad al-'Adwānī）大会……

我参加的2008年大会，欣逢《十九与二十世纪阿拉伯诗人辞典》出版，故称之为“十九与二十世纪阿拉伯诗人辞典大会”，地点在巴巴亭的故乡科威特，开幕典礼由科威特新闻部长代表国王致辞。此部辞典共花费11年的时间，搜集8000位阿拉伯诗人的生平和著作，全书共25册。这部书延续了2002年巴巴亭出版的《阿拉伯当代诗人辞典》，书里搜集了2000位诗人的生平与著作。至今巴巴亭对阿拉伯诗学所投入的贡献，仍在阿拉伯世界首屈一指。

慷慨赠予的分享精神

有一个下午，我们全体受邀拜访巴巴亭的家。与其说那是家，不如说是“宫殿”来得更恰当：客厅约莫百坪，都是阿拉伯式摆设，地上是一体成形的波斯丝毯；除了大门之外，四周都摆设着阿拉伯式沙发，中间站着一排穿着传统贝都因白袍、系着腰带的服务人员。主人巴巴亭和他的夫人坐在主位，我们随意入座，大家忙着观赏屋内装潢，服务人员则忙着侍候我们吃喝。

大伙儿聊天尽兴之后，我们移到餐厅去吃午餐，所有菜肴全是阿拉伯式大餐，譬如烤全羊。席间巴巴亭告诉我们，他成功促成西班牙南部地区的中小学教授阿拉伯语文，颇有恢复阿拉伯人在西班牙光荣史的企图。

研讨会结束后，我们受邀到巴巴亭的图书馆参观。负责人跟我们说，我们可以自由取走里面的书，如果图书馆里没有，还可以提供书名、作者，他们会送到我们下榻的旅馆房间。这些都是阿拉伯语文学领域的新书。原本基于礼仪，我拿了两三本书，没想到回到旅馆时，我发现房间里摆了两箱书，每一本都是我研究领域的书，心中的震撼不言而喻。阿拉伯人的慷慨特质经过千余年的内化，既诚挚又细腻，经常让人终生难忘。譬如我离开的时间较其他人晚，大会的服务人员还为我一人留守旅馆；我坐上飞机时，发现机位被升等了……

我在驻沙特阿拉伯当阿拉伯语文翻译时，有许多机会接触王室成员，他们在国内颇为低调，最明显的例子是沙特阿拉伯国王自称“两圣寺的仆人”，禁止人们称他为“陛下”。在阿拉伯语里，“陛下”（jalālah）一词便是“崇高”之意，人们常用此词的动词和派生词来描述安拉，他们认为那是专属于安拉的词汇。我见过许多王室成员对人民都很谦虚，他们的穿着与一般人没什么不同，甚至于更朴素。我见过的公主，几乎没有人会在公众场合穿戴昂贵服饰或首饰，“亲民”几乎是王室的座右铭。我参加过的王室及部会官员的餐宴，他们的排场让人叹

为观止。一体成形的波斯丝毯或丝毛混纺地毯，对物质享受颇为陌生的我，踩在上面犹如踩在云彩上。我们时常能和当地的官员家人聚餐，他们出手阔气，譬如致赠阿拉伯黄金短剑或阿拉伯银器咖啡壶组，他们尤其喜欢送人劳力士金表。

尽管阿拉伯富人状似夸富的行为频繁，但这种慷慨的民族性，却很难以单纯的“夸富”来诠释。我认为那是一种价值观的内化，极端“不忍”同胞挨饿，是他们慷慨的原始形态。穷人挨饿的同时，会以同理心怜悯相同境遇的人，并尽其所能帮助比他更困窘的人。穷人似乎也认为接受赠予是他们在俗世生存的权利，他们坦荡荡地接受富人的施舍，并给予祝福。富人在每年的斋月都能体会挨饿的感受，在优渥之余，自然能出手阔气，分享他的富足。

21 费瑟国王伊斯兰研究中心

我跟费瑟国王伊斯兰研究中心的缘分，要溯源到查查教授。他在审查“费瑟国王奖”时，总感觉有遗珠之憾，因此经常感叹地说，世界充满有创意的老人和年轻人。他更说，未来的时代是比赛创意的时代，但知识人最重要的是充实自己，把自己建设好，创意便会油然而生，切勿花费时间在营建关系上。当时我就对这个研究中心充满好奇。

沙特阿拉伯明君费瑟国王

费瑟国王伊斯兰研究中心成立于1983年，坐落在利雅得市中心，其建筑物充满艺术感。该中心设立的目的，在纪念沙特阿拉伯费瑟国王生前对于伊斯兰文明发展的贡献，其任务在鼓励学术研究，举办国际研讨会与学术讲座。该中心研究员的研究领域包含现代政治思想研究、现代化研究、大摩洛哥研究、伊朗研究、沙特阿拉伯研究及阿拉伯研究等。

该中心的图书资讯部门除了有现代化设备的大型图书馆之外，更设有手抄本修护中心，从世界各角落搜集阿拉伯与伊斯兰手抄本，也训练出无数的手抄本修护人才。目前中心所保存的手抄本多达16000余部，并有41000余卷的缩影胶片。

2011年，我接受费瑟国王伊斯兰研究中心秘书长亚贺（Yaḥyā bn Junayd）教授的邀请，到中心演讲。在数日的访问行程中，费瑟国王家族的王子对访客的礼遇，让我更真实感受到“平等”的观念，其实已经在阿拉伯人的血液里消化了千余年之久，这显然是他们普遍的价值观。

费瑟国王于1964年登基，勤政爱民，对内完成许多永久性建设，譬如机场、港口、医院等，并致力于农业改良和工业建设，引进世界各国优良的医疗团队，更积极与世界卫生组织合作。

费瑟国王的阿拉伯民族意识非常强烈，对外特别重视巴勒斯坦问题，反对西方径自将巴勒斯坦一分为二。他在联合国演说时曾提及，若要阿拉伯世界和平，唯有解决巴勒斯坦问题。但他却在后来被暗杀，与世长辞，实在令人惋惜。

“你的笔在哪里？”

在亚尔穆克大学经常指导我、帮助我的萨艾分（Ibrāhīm as-Sa‘āfīn）教授曾得过费瑟国王文学奖，他同时也是一位著名的诗人。我记得他在教我“阿拉伯现代文学研究”这门课时担任阿文系系主任，通过系里推荐，把每年仅有的一个研究生奖学金名额颁发给我。名单公布以后，有

几位研究生很生气，认为唯一的名额应该是本国学生的保障名额，当时学校报纸还有人针对这件事写文章攻击我。

我心里很难过，告诉萨艾分教授我想放弃奖学金，以免因情绪影响读书。没想到他跟我说："他有笔，那你的笔在哪里？"于是我开始投书学校报纸，一来一往持续好久的笔战，每次一出刊，人人手上都有一份热腾腾的报纸。在文章中，我多少都会引用《论语》或《孟子》来论述我的想法，即便我未曾奉它们为圭臬。文学院屡次都把我的文章张贴在公布栏上，让我感觉他们对我满满的呵护，至今都无以为报。

2008年我参加巴巴亭诗人大会时见到萨艾分教授，他受邀担任评审，选拔当届的诗人奖人选。眼前的他已经白发苍苍、步履蹒跚，他熟悉的笑容已无法灿烂。一旁的学生搀扶着他。我握着他的手，想起过去种种，不禁悲从中来。只听他说："孩子，我知道……我知道。"

他过去屡次看到我，都会随兴吟几句打油诗，依稀记得他对我吟的第一首打油诗是：

她是个可怜的孩子，
肚子里有一把刀，
横切了太平洋，
纵断了爹娘。

的确，那把刀割断我的任性和狂傲，让我能在沙丘上稳稳踩下每一个脚步。

后记

走出沙漠

阿拉伯国家西起大西洋，东到波斯湾，横跨西亚、北非、西北非和东非，土地面积广达1333万多平方公里，人口4亿多人。这块土地上有人类文明摇篮的两河流域、古埃及文明、伊斯兰文明，无数文明古国在此兴衰，无数人类的智慧与发明成果在此完成，全人类的人文与科学发展都有它烙印的痕迹。它也是三个一神教的发源地，麦加、麦地那、耶路撒冷圣城里的神话，至今还试图引领人类，迈向传说中的天堂乐土。

经济上，这块土地的石油储量超过世界总储量的百分之五十五，控制人类大多数的能源，当代国际上的政治、经济、社会、文化重要问题围绕其间，主导着人类的兴盛与衰败、战争与和平。

无论它对世界有多么大的贡献与影响，在我的阿拉伯记忆里，这辽阔地域其实门可罗雀，关怀它的驻足者往往仅剩疯狂如我的梦想家、边缘人和投机客，剩下的是淳朴的居民和极少数的激进迫害者。人人均倡言阿拉伯政治、经济、文化问题之重要，其实甚少人真正望过它们一眼。

我无法忘却，这块土地曾赐予我无限喜悦，满足我无穷的好奇心；它无垠的沙漠曾任我翱翔，壮丽的清真寺曾任我造访，浩瀚的思想曾任我采撷。我纵使已投注终身、殚精竭虑，在宇宙的时空中，竟比不上一粒红沙漠里悠闲的细沙永恒的价值。我唯一拥有的是一丝盼望，愿我笨拙的语言化成诗，触动施暴者的心；无论在小岛上或在沙漠里，让每个人都能望进别人的灵性里，不再残害生命的价值，被生命捆绑的价值无论落脚何处，都需要世人的体谅，它们没有卑微与尊贵之分。

太平洋小岛上再见曾是“我”的女孩，我与她重逢仿如隔世，她用丝绸般纤细的玉指抚摩我眼角的皱褶，在沙漠烙印后的双颊之间穿梭。她像戴胜鸟般在我耳边呢喃，如风一般拂过，无声无息。光阴总是扮演永恒的别离，当我自以为已经成为沙的女孩，回到指南山下，却还是雨的孩子。

我趴在潮湿的泥土上，亲吻蚯蚓的家，尽管这些抚慰都从指尖渗入我的血管，温暖心房，却仍庆幸自己曾消失在漫长的岁月里，躲过多少故乡沧桑，纵使是空白的遗憾，却保留永久的赤子情怀，让我不致迷失在混沌里。我的生命从此分成两半，一半在小岛上，另一半被我深植在遥远的沙漠里。

叙利亚诗人阿多尼斯曾说：“什么是记忆？是一栋房子，仅适合已逝的事物居住。”我记忆的房子，烟囱永远有冉冉上升的炊烟，无论是在蝎子栖居的沙漠陵线上，抑或在寒风横行的“铁匠洼地”里。